U0097380

古典詩歌研究彙刊

第五輯

龔鵬程 主編

第11冊

周賀詩研究

楊婷鈞 著

國家圖書館出版品預行編目資料

周賀詩研究／楊婷鈞 著－初版－台北縣永和市：花木蘭文化出版社，2009〔民98〕

序2+目2+130面；17×24公分
（古典詩歌研究彙刊 第五輯；第11冊）

ISBN 978-986-6528-60-6（精裝）
1.（唐）周賀 2.唐詩 3.詩評

851.4417 98000877

古典詩歌研究彙刊
第五輯 第十一冊 ISBN：978-986-6528-60-6

周賀詩研究

作 者 楊婷鈞
主 編 龔鵬程
總編輯 杜潔祥
出 版 花木蘭文化出版社
發行所 花木蘭文化出版社
發行人 高小娟
聯絡地址 台北縣永和市中正路五九五號七樓之三
電話：02-2923-1455／傳真：02-2923-1452
網 址 http://www.huamulan.tw 信箱 sut81518@ms59.hinet.net
印 刷 普羅文化出版廣告事業
初 版 2009年3月
定 價 第五輯20冊（精裝）新台幣28,000元

周賀詩研究

楊婷鈞 著

作者簡介

楊婷鈞（筆名紫嵐）女，出生 68.8.14
學歷：東海大學中國文學系（文學學士）
華梵大學東方人文思想研究所（文學碩士）
經歷：現任桃園縣三坑國小教師兼組長

一、指導學生參加九十三學年度學生舞蹈比賽國小團體甲組現代舞，榮獲甲等。
二、擔任九十三學年度學校認輔教師盡心盡力表現優良。
三、參加 94 年度桃園縣台灣語通用協會舉辦鄉土語言教育台語第一階段研習。
四、參加 94 年度桃園縣台灣語通用協會舉辦鄉土文化教學研習。
五、參加 94 年度閩南語教學進階教師研習。
六、參加 95 年度龍潭鄉語文競賽，榮獲字音字形教師組第三名佳績。
七、指導學生參加第二屆全國客語生活學校成果觀摩賽初賽北區客語戲劇類中年級組成績優等。
八、參加桃園縣 GreaTeach 2007 教師創意教學獎，榮獲優等。
九、參加桃園縣龍潭鄉教育會辦理 96 年度創新教學活動設計甄選，表現優異，榮獲第二名。
十、參加桃園縣 2007 年校園奧斯卡影展「桃園地方文化報導」組，作品「三坑鐵馬道」榮獲佳作。
十一、參與社團法人中華創意發展協會舉辦之 GreaTeach 2007 全國創意教學競賽獎，方案「當人體魔術與科學遊戲相遇時」榮獲甲等。
十二、參加桃園縣 96 年度「精進課堂教學能力」國民小學創新教學活動設計暨多媒體素材製作，「藝術與人文—武林秘笈」榮獲乙類佳作。
十三、參加桃園縣 96 年度提昇中小學教師資訊能力認證，通過認證。
十四、參加桃園縣 96 年度推動國民小學實施國際教育「認識世界」課程活動教學設計徵選，作品「Enjoy Life」榮獲佳作。
十五、參加桃園縣 96 年度資訊融入教學績優教師團隊甄選，計畫名稱：【魔法 e 學苑】榮獲佳作。
十六、參加桃園縣 96 年度資訊融入教學績優教師團隊甄選，計畫名稱:【你知「稻」了嗎？】榮獲佳作。
十七、參加桃園縣 97 年度「精進課堂教學能力」國民小學創新教學活動設計，「自然與生活科技—魔力四射」榮獲佳作

提　要

周賀為中、晚唐詩人，約與姚合、賈島同一時期。現存詩一卷，共九十三首。本論文以《全唐詩》所錄周賀詩為主要探討範疇，並將周賀所處之時空背景，生平交遊，及其詩歌題材、寫作風格作一整體性探討，以說明其在唐代詩壇上的地位。

全文共分五章：

第一章〈緒論〉略述周賀詩研究概況，以及研究目的、研究範圍和研究方法。

第二章〈周賀所處之時空背景〉採文獻探討方式，將中晚唐政治背景、社會經濟環境，文壇之流派興起、酬酢唱和、親佛近道等種種現象，以為作品之外緣研究，俾了解其時代。並採以詩為證，了解其生平遊踪。從其交遊情形，了解其為人與詩歌創作情形。

第三章〈周賀詩之題材類型〉針對周賀詩歌內涵，作全面性的探賾。由周賀九十三首詩篇先作詩歌體裁分類，再以分析題裁類型、歸納作品內容旨趣、統計詩歌數量多寡，來說明其題材之多樣化。

第四章〈周賀詩之寫作風格〉分三個重點來進行析論，即聲律用韻、意象塑造與特色、藝術風格。聲律用韻方面為分析周賀詩的平仄聲律、用韻情形。意象塑造與特色方面，歸納周賀詩中常見的辭彙，並找出其背後所隱藏的意象。藝術風格方面，則探討周賀詩中的閒靜平淡、清奇雅正、寒狹僻苦等特殊表現手法，展現其獨具風格之寫作方式。

第五章〈結論〉分段將上述章節，作聯繫統整，對周賀其人、其詩，綜合評述，並總結研究成果，說明周賀在唐代詩壇上的地位。

目次

序

余執教華梵大學東方人文思想研究所，轉瞬十五寒暑。其初雖以教授儒學、中國文獻學、中國文學爲主，後則因所方教學需求，乃兼授中國佛典目錄學、中國佛典辨僞學與中國佛教文學。從學諸生每喜以上述課程擬訂相關題目，在余指導下撰成博、碩士論文。大凡成績優異者，均經余愼加斟酌選擇，推介出版社予以刊行。如斯處理，不惟對研究生追求論文撰作之完美與水平之提高深加激勵，而彼等之論文因之得以面世，藉與學林同道切磋琢磨，以著聲聞，斯對研究生之學術前途實深有裨益，且影響至大也。

邇者，本所研究生楊婷鈞君以《周賀詩研究》爲題，撰寫碩士論文。周賀者，晚唐詩人，曾爲僧，與賈島齊名，是婷鈞所鑽研者固屬中國佛教文學範疇也。中國佛教文學乃屬邊緣文學，研究者較少。近世研究唐詩之學者，每多耗心力於文人詩李、杜、王、孟等主流作家之探研，彼輩研治所得，往往千篇一律，而不自覺其浮濫，故目前研究生肯用力於邊緣文學研究即如賈島者已甚寡少，而能致力於周賀詩研究者更屬鳳毛麟角，絕無僅有。惟余於授課之時，反常鼓勵從學者多留心邊緣文學，雖從事此方面研究時因參考資料尠少，每須一空依傍，倍覺其難；然如斯之鑽研，常多得創新機會，至其將來獲得之成效，或更勝人一籌。婷鈞選取周賀詩爲研究對象，與余宗旨暗合，因心竊喜之。

婷鈞《周賀詩研究》初成，已覺其內容充實，結構完整，見解新穎，修辭順適，而其餘勝處尚多，將來讀者自知之，無庸縷述。惟有一事仍須敬告者，則婷鈞撰文之初，本據康熙時所修《全唐詩》本周賀詩，而論文撰就後，始悉中國國家圖書館出版之《中華再造善本》，其〈唐宋編・集部〉收有南宋臨安府陳宅書籍鋪刻本《周賀詩集》。其書雖較《全唐詩》所收九十三首略少十七首，然無可諱言，版本方面實較《全唐詩》優勝。婷鈞幾經辛苦，設法覓購得南宋本，乃即更轅易轍，改用之以爲底本，並參以《全唐詩》本，將論文重爲整治。其不畏辛勞，精益求精之用心，殊難能可貴，終其所成則論文之撰就亦愈見其完美矣！

《周賀詩研究》近得花木蘭文化出版社主編杜潔祥先生俯允收入所編《古典詩歌研究彙刊》第五輯中，殊深感戴。書將面世，婷鈞請序於余，乃樂而允之，並略述其撰文原委如上。

民國九十七年十二月五日，何廣棪撰於華梵大學東方人文思想研究所。

第一章　緒　論

第一節　研究目的

中國是一個詩的國度，詩歌傳統源遠流長。在各種文學體裁中，詩歌是最有影響力的一種，散文、小說、戲劇都有詩化的傾向。具體言之，中國文學是詩化的文學，唐詩是中國文學的瑰寶，是中國詩歌發展的高峰。依據清康熙年間所編的《全唐詩》，所錄詩人二千五百二十九人，詩作四萬二千八百六十三首，共計九百卷。作詩的人上自帝王、公卿、官僚，下至布衣，旁及僧、道，幾乎遍及各個階層。因此唐詩是唐代社會的文學紀錄，是當時人民生活感受和思想歷程之具體體現，是他們依自身心理、情感、思維面對經濟、生活、戰爭、羈旅、情愛、優美風光時孕育出的美麗結晶。

「熟讀唐詩三百首，不會吟詩也會吟。」猶記得孩提時，在父母師長耳濡目染下，唐詩信手捻來，順口背誦。隨著歲月增長，詩悄悄成了生活的一部分，詩之精鍊雋永、含蓄有味，每每令人讚嘆不已。

周賀爲中晚唐詩人，約和姚合、賈島同一時期。近來有關姚合、賈島之研究，皆有廣泛探討，如碩士論文有徐玉美《姚合及其詩研究》、蔡柏盈《姚合詩研究》、鄭紀貞《賈島詩研究》、劉竹青《孟郊、賈島詩比較研究》、顏寶秀《推敲詩人——賈島詩藝探索》；博士論文有簡貴雀〈姚合詩及其《極玄集》研究〉、單篇論文有曹方林〈姚合在御史台時期及其交游考〉與〈姚合年譜〉、吳企明〈《全唐詩》姚合傳訂補〉、王夢鷗〈唐「武功體」詩試探〉、王達津〈關於賈島〉、劉開揚〈論賈島和他的詩〉與〈論賈島詩的詩承和影響〉等，不勝枚舉。而有關周賀的專著或單篇論文則付之闕如，僅有隻言片語、零星片斷散落在少數篇章中，如鄭紀眞《賈島詩研究》第六章賈島對後世的影響，簡述周賀生平及周賀詩風受賈島之影響。在顏寶秀《推敲詩人——賈島詩藝探索》中七次提及周賀，內容多是歷代詩話對周賀詩之描述、評價。在趙榮蔚《晚唐士風與詩風》第二章幽冷之境、淒苦之聲中，將周賀詩列於苦吟詩風之詩，作簡單扼要的舉例說明。在李建崑〈中晚唐苦吟詩人探論〉中有八次提及周賀，多數爲歷代詩話之描述和評價，在附錄中有周賀年里、詩文流傳簡介，另一篇〈試論李懷民《重訂中晚唐詩主客圖》〉中，亦只將歷代詩話、《詩人主客圖》和《重訂中晚唐詩主客圖》提及周賀詩作一陳述及簡扼說明。在馮國棟〈《宋史・藝文志》・釋氏別集總集考〉，則僅略述周賀生平，並將歷代提及周賀相關書目予以羅列。

綜合上述之研究概況，顯然周賀及其詩相關研究尙屬一塊有待開墾之園地。因此本論文以周賀及其詩作爲研究範疇，將周賀所處之時空背景，生平交遊，及其詩歌題材、寫作風格作一整體性探討，以確立其在唐代詩壇上的地位。

第二節　研究範圍

要尋找周賀詩之點點滴滴，必須從他的生平與交往詩友爲起點，因周賀生平，史料付之闕如。吾人僅就前人零星之紀錄，加以刪整。有關周賀生平，參酌於《全唐詩》卷五百零三、《新唐書》卷六十、《唐摭言》卷十、《唐詩紀事》卷七十六、《唐才子傳》卷六、《郡齋讀書志》志四中、《直齋書錄解題》卷十九等。以上材料雖片斷瑣碎、無完整史實，卻也提供後人拼湊出詩人獨特行誼及其創作詩歌之情狀。

本論文以《全唐詩》所錄周賀詩爲主要探討範疇，關於詩作鑑賞、評述、詩藝的取捨論斷，吾人因涉獵典籍有限，難免疏漏，除閱讀詩話著作外，另參酌前人及時賢之見解，稍述己見，以作爲對周賀詩意象塑造、藝術風格之鑑裁。

本論文共分五章，各章之研究範圍及重點爲：

第一章，略述正文之前著手整理之重點方向，說明研究目的、研究範圍及研究方法。

第二章，首先論述周賀所處之時空背景，由於中晚唐政治背景、社會經濟環境影響下，文壇之各種現象，如流派興起、酬酢唱和、親佛近道，種種因素交互影響，形成一時代風氣，也影響周賀之創作取向，值得提供參考。再者，闡述周賀生平與交遊，有關周賀之身世，文獻闕如，僅能就他人傳記及有關史料，作一簡述。其交遊情形，以作者詩作，往來詩友詩篇，加以分析歸納，其所交遊遍及名臣胥吏、僧徒道士、隱逸高人等。

第三章，針對周賀詩歌內涵，作全面性的探賾。先從詩歌體裁分類論述，將周賀詩歌內容作一解析分類，約略可分爲應酬詩、宗教詩、感懷詩、登臨詩。再分爲若干細目，如酬和、寄贈、送別、慶賀、哀悼；又如佛教類、仙道類，感於懷人，或寫景、名勝、思鄉之作等，以探究周賀詩於各類詩歌及體裁其表現和成就。綜合詩歌題材，歸納作品內容旨趣，以見周賀之情志。

第四章，著重周賀詩之寫作風格，分三個重點來析論，即聲律用韻、意象塑造與特色、藝術風格。聲律用韻方面爲分析周賀詩的平仄聲律、用韻情形。意象塑造與特色方面，歸納周賀詩中常見的辭彙，並找出其背後所隱藏的意象。藝術風格方面，則探討周賀詩中的閒靜平淡、清奇雅正、寒狹僻苦等特殊表現手法，與其獨具特色的寫作方式。

第五章，分段將上述章節，作縱切面與橫切面聯繫，對周賀其人、其詩，綜合評述，並總結研究成果，說明周賀在唐代詩壇上的地位。

第三節　研究方法

本論文為一整體性綜合研究，以作品為探討重點，在進入作品內緣研究前，作品之外緣研究亦不忽略。舉凡政治、社會、文學、思想等時代背景，與作者之生平、交遊等，皆為研究範疇。此部分之研究方法，在時代背景方面，採用文獻探討法，從正史、文學資料中多加徵引與敘述，以呈現作者所處時代之狀況；作者生平、交遊方面，主要從作者詩作、交往詩篇，以舉詩方式進行賞析、並評述內容，以了解其交遊狀況。

其次，在作品內緣研究部分，以詩之題材類型、寫作風格等涵蓋內容與形式，為本論文之核心。在題材類型部分，計應酬、宗教、感懷與登臨等範疇，將作者 93 首詩篇分類，並採用分析、歸納、統計、比較等方法，舉出實際數字與詩例作說明，以呈現其題材之多樣化；寫作風格部分，在聲律用韻、意象塑造與特色等方面，採用分析、歸納、統計、比較、舉例、說明等方式，具體論述，提供數據，以展現其別具特色之寫作技巧，藝術風格方面，列舉閒靜平淡、清奇雅正、寒狹僻苦三種詩風，舉出具體詩例，並參考其他章節，採用分析統計、列舉說明等方法，呈現其藝術風格。

最後之結論，則總結前面章節之研究成果，由作品之外緣與內緣研究，作一統整，以期全面了解周賀詩之風貌及成就，並由此而肯定其在唐代文學史上之地位。

第二章　周賀所處之時空背景與生平

周賀，中晚唐詩人。其主要活動於寶曆至會昌年間（西元 825～846 年），此階段爲唐朝安史亂後之衰弱時期，稍早前雖有憲宗「元和中興」，但畢竟爲時甚短，對於唐朝國勢之振作已力不從心，僅能帶給唐人短暫心安，絲毫起不了任何實質上作用。而在安史亂前之積弊，非但無法解決，反因內亂更加凸顯，事態更顯嚴重。國勢如此，政治、經濟、社會自然每下愈況；思想信仰亦非只主一家，儒釋道三教並盛乃當時之實況，因受其影響，文學呈顯蓬勃發展之趨勢。周賀生逢此時，雖爲浮屠，亦感受到大環境之衝擊，而有所發，遂寫成一篇篇動人之詩歌。

茲依政治社會、思想文學、周賀生平遊踪及交遊，分節說明於下：

第一節　政治、社會背景

唐朝自貞觀之治至開元之治，乃將近一百二十多年之極盛時期。在唐玄宗納兒媳楊玉環爲貴妃後，志得意滿，放縱享樂，從此怠於國政。他罷免良相張九齡，政事先後委于宰相李林甫、楊國忠。李林甫口蜜腹劍，勾結宦官，妒賢嫉能，掌權十九年，使得朝政綱紀敗壞。李林甫死後，楊貴妃之堂兄楊國忠爲相，他結黨營私，賄賂公行，更使得高力士的權勢炙手可熱，開始出現了宦官干政的局面。

唐初實行均田制，並未改變地主佔有大量土地之狀況，土地可以在某些名義下買賣，只能延緩而不能阻止土地兼併。後來均田制逐漸廢壞，土地兼併日益發展。到唐玄宗後期，土地問題日益嚴重，許多失去土地之農民四處逃亡。隨著土地兼併嚴重和均田制之破壞，漸漸削弱了唐朝統治基礎。

唐初府兵之地位高，待遇好，因而兵源穩定。高宗以後，征戰頻繁，府兵戍邊、出征，往往逾期不得輪換。又因優厚待遇多被取消，府兵逃避徵調而逃亡日多。唐玄宗時廢除了府兵制，普遍實行募兵制。招募而來之士卒長期駐守邊疆，與邊將關係密切，因而極易成爲邊將之私人武裝。朝廷直接掌握的武力也大爲削弱，代替府兵的彍騎缺乏訓練，戰鬥力差，無論數量、品質都遠遜于節度使的武力。此時唐又與吐蕃、南詔多次發生戰爭。唐軍攻南詔屢敗，國力虛耗。

開元時設立之節度使，本都以漢人充任，其中不乏文官。有政績之節度使，更可入爲宰相。李林甫爲鞏固權位，杜絕邊相入相之途，於是以胡人爲節度使，其中以胡人安祿山最著。天寶元年（742），安祿山一人身兼平盧、范陽、河東三鎮節度使，掌握重兵。由於唐玄宗好大喜功，邊境將領經常挑起對異族之戰事，以邀戰功。天寶九年（750），高仙芝所率領之軍隊在中亞怛羅斯戰役中爲阿拉伯帝國挫敗，唐朝經營西域受到阻礙，之後唐朝便在中亞佈局，準備趁阿拉伯帝國內亂時，再度發兵。各邊地之節度使從領兵二、三萬至八、九萬，並由起初只管軍事，發展到兼管行政、財政，集大權于一身，成爲強大的地方勢力。

天寶十四年（755），安祿山因與楊國忠不和，趁朝政鬆懈、重軍多在邊境之良機，以討楊國忠爲藉口，發動叛亂，史稱「安史之亂」。次年，潼關失守，長安告急。玄宗從長安出逃到成都，途經馬嵬坡時，禁軍把楊國忠殺死，又要求玄宗絞殺楊貴妃，才繼續西行。太子李亨起初在靈武募兵，後來被宦官李輔國擁立爲帝，是爲肅宗，奉玄宗爲太上皇。安祿山則自稱大燕皇帝，年號聖武。至德二年（757），叛軍內訌，安祿山被其子安慶緒所殺。同時，史思明與安慶緒之間關係也開始轉淡。隨著長安、洛陽光復。乾元二年（759），史思明在魏州自稱大聖燕王，之後他又殺死安慶緒，返回范陽，自稱大燕皇帝。但是由於性格殘忍好殺，部下擁立其子史朝義為帝。之後，叛軍內部分崩離析，勢力一蹶不振。

安史之亂是唐朝由盛而衰的轉捩點，唐朝開始步入衰落，從這以後，朝廷的權力日益削弱，逐漸形成北方地區藩鎮割據的局面。在中央政治方面，逐漸形成宦官專權及朋黨之爭。在地方政治方面，吏治更趨敗壞。在民族關係方面，唐朝失掉「天可汗」的優勢，失去繼續經略中亞的實力，埋下了日後吐蕃、回紇侵犯京都長安的危機。在經濟方面，黃河流域經過這場戰爭後，遭到嚴重破壞，人丁銳減，土地大量荒蕪，社會生產嚴重倒退。而江南地區因未遭破壞，故經濟日益發展，超過北方。

壹、政治背景

一、藩鎮割據

藩鎮之患，原於節度使之制。節度使之設，為制四夷，而節度使之任用，初以蕃將為主，乃考慮以夷制夷之策略，據宋・錢易《南部新書》卷八〔註1〕記載：「景雲二年（711），除賀拔嗣河西節度使，節度使自此始。」此為唐初太宗對待夷狄之寬宏政策，其後各帝均秉持遺規。

造成唐後期藩鎮割據局面之形成主要原因，是安史之亂平定後，朝廷為防備盤據黃河下游南北地區之安史降眾，不敢撤消在平叛過程中，增設讓內地掌兵之刺史為節度使之兵鎮。因此，經過安史之亂以後，兵鎮幾乎遍及全國，形成了藩鎮長期割據的局面。

唐代宗是唐朝歷史上第一個宦官擁立即位之皇帝。代宗即位

〔註1〕清・永瑢、紀昀等纂修：《景印文淵閣四庫全書》，台北：臺灣商務印書館，1986年三月初版，南部新書，子部三四二，第1036-236頁。

後，雖然一心希望改革朝政。但安史之亂時邊兵大量內調，邊防空虛，吐蕃、南詔乘機進擾。代宗為了求得苟安，瓜分河北地付授叛將，任命「安史」降將為節度使：李寶臣為成德五州節度使、田承嗣為魏博五州節度使、李懷仙為盧龍六州節度使，史稱「河朔三鎮」或「河北三鎮」。另外，薛嵩為相衛六州節度使，李正己為淄青節度使，以上五鎮，皆為安史餘黨，他們佔據了唐朝整個東北地區，這也是後來發展成為最強大之割據勢力。唐朝無力徹底消滅他們，因而安史之亂平定後，唐朝又在西北、西南加強藩鎮。為了鞏固統治，在內地也實行「以方鎮禦方鎮」之方針，在關中、關東、江淮流域，廣置方鎮以求互相制約，防遏河朔、屏障關中、溝通江淮。可是這些藩鎮往往不聽命于朝廷，甚至自由委任官吏，自掌、擴充軍隊，不申報戶口於朝廷，徵收賦稅，中央政府無權過問。於是逐漸形成「天下盡裂于方鎮」的局面。

藩鎮區中之統治組織，是軍政合一的。節度使是其轄區中之軍事統帥，也是最高行政長官。節度使之地位並不穩固，若節度使因死亡而出缺，不由中央任命而是父死子繼，或由將士擁立，等候中央正式委任狀到達，再稱節度使。他們之間有時互相火拼，有時聯合對抗朝廷，成為唐朝重大之政治問題。

藩鎮區中之兵力來源，可以說是強迫徵調的。只要是壯丁，大都被徵為士兵，而老弱者則從事農耕。並對人民之生活嚴格管制，如夜間不得燃燭、人民不得偶語於途等。

唐朝曾多次對藩鎮進行鎮壓，其中規模最大的是德宗和憲宗時期之兩次。在德宗時期有所謂「四鎮之亂」。建中二年（781），成德節度使李寶臣死，其子李惟岳繼節度使位，要求朝廷加以承認，唐德宗不允許。為了維護世襲特權，聯合魏博鎮田悅、淄青鎮李納等，共同起兵叛唐。不久，李惟岳兵敗，被部將王武俊殺害，田悅和李納也被唐軍打敗。但盧龍鎮節度使朱滔和成德鎮降將王武俊為了爭權奪地，又勾結田悅、李納發動了叛亂。四鎮同時稱王，朱滔稱冀王、田悅稱魏王、王武俊稱趙王、李納稱齊王，共推朱滔爲盟主。淮西節度使李希烈因求增地不遂，也加入叛亂的隊伍，自稱天下都元帥。建中四年（783），德宗抽調關內諸鎮兵去平定叛亂，涇原鎮兵在路過長安時，因未得賞賜發生譁變，攻進長安，德宗狼狽逃到奉天。涇原叛亂軍推舉朱滔之兄弟朱泚爲主，在長安稱帝，國號秦，不久改號爲漢。朔方節度使李懷光率兵救援德宗，但到了長安附近，又與德宗發生矛盾，聯合叛亂軍共同反唐。在李懷光逼迫下，興元元年（784），德宗又從奉天逃到梁州。後來，德宗依靠李晟收復了長安，逐殺朱泚，又與朱滔、田悅、李納等勢力相妥協，才勉強平息了這場叛亂。

至唐憲宗時期，又和藩鎮勢力進行了一場大爭鬥。憲宗初立，採納宰相杜黃裳之建議，以武力解決劍南西川、夏綏留後、鎮海三藩鎮，中央聲威大振。元和九年（814），淮西鎮吳少陽死，其子吳元濟自領軍務，囂張跋扈，縱兵攻掠。憲宗遂發兵討伐淮西，出兵三年仍不能奏效。元和十二年（817），憲宗任命宰相裴度爲淮西宣慰處置使，負責統帥全軍。當時各道軍中都由宦官監軍，將領因受到壓制，不願出力。裴度到前線後，奏請憲宗取消了監軍宦官，被動的局面才漸漸扭轉過來。唐將李愬率領九千士兵於雪夜奇襲淮西鎮所在之蔡州城，一舉擒獲吳元濟，平定淮西之亂。

淮西平定後，盧龍、成德等鎮相繼歸順中央。淄青的李師道獨力頑抗，被唐中央發兵打敗。到憲宗元和十四年（819），藩鎮暫時服從中央號令，唐朝算是恢復了表面上的統一，但藩鎮割據的基礎並沒有被摧毀，節度使領有重兵的局面並未改變。元和十五年（820），憲宗被宦官殺死後，於唐穆宗時，河朔三鎮再次叛亂，又割據一方。此後，藩鎮割據局面一直延續到唐朝滅亡。

地方方鎮強，中央權力則被削弱，成爲朝廷難以控制的隱憂。對於異族寇邊侵擾，或宦官爲亂，又非得倚恃藩鎮平之。宋・王讜《唐語林》卷八〔註2〕載：

> 蓋唐之亂，非藩鎮無以平之，而亦藩鎮有以亂之。其初跋扈陸梁者，必得藩鎮而後可以戡定其禍亂，而其後戡定禍亂者，亦足以稱禍而致亂。故其所以去唐之亂者，藩鎮也；而所以致唐之亂者，亦藩鎮也。試以其一二論之。安氏之亂，懷恩平之也；而留三鎮以遺患者，亦一懷恩也。將兵至京師，冒雨寒而來，姚令言之功也；而所以迎朱泚而趨京師者，亦一令言也。擒子期破田悅者，李寶臣之功；而釋承嗣以爲己資者，亦寶臣也。卒至于終唐之世，莫敢誰何者，由三鎮始也。

是故，平亂由藩鎮，致亂亦由藩鎮，朝廷欲徹底根絕藩鎮之患，非借助外力無以致之。然歷史證明，外兵解決藩鎮問題，藩鎮息，唐亦亡。

藩鎮割據期間，藩鎮與朝廷之間，藩鎮相互之間經常發生戰爭，生產遭到嚴重破壞，人民生活困難。朝廷能夠控制的地盤日益縮小，只能加倍剝削並役使控制區內的人民；藩鎮在其控制區內更是增加賦稅、兵役、徭役，濫施刑罰，對人民實行殘暴之軍事統治。這些都阻礙並破壞社會經濟的發展，使階級矛盾日益尖銳。

二、宦官專權

唐初，宦官並未有實權勢力，且人數不多，只管宮廷內部事務，不與聞國家大事。宦官勢力之膨脹，主要由於宦官參預唐室皇位繼承之政治鬪爭。〔註3〕宦官勢力之滋長，肇始於玄宗，玄宗重用宦官高力士，以其帝位之取得，乃力士與謀誅太平公主有功，於是令力士爲右監門將軍，知內侍省事。宋・司馬光《資治通鑑》卷二百十〔註4〕載：

〔註2〕宋・王讜著，周勛初校證：《唐語林校證》，北京：中華書局，1987年7月第一版，第696頁。

〔註3〕傅樂成著：《隋唐五代史》，台北市：眾文圖書，1990年11月二版二刷，第103頁。

〔註4〕同註1，資治通鑑，史部六六，第308-667頁。

以高力士爲右監門將軍，知內侍省事。初，太宗定制，內侍省不置三品官，黃衣廩食，守門傳命而已。天后雖女主，宦官亦不用事。中宗時，嬖倖猥多，宦官七品以上至千餘人，然衣緋者尚寡。上在藩邸，力士傾心奉之，及爲太子，奏爲內給事，至是以誅蕭、岑功賞之。是後宦官稍增至三千餘人，除三品將軍者浸多，衣緋、紫至千餘人，宦官之盛自此始。

玄宗以後皇位繼承的鬬爭，大半由參預者與宦官合謀而達到目的。安史亂後，宦官逐步掌握軍政大權，形成宦官專權之局面。唐肅宗時，宦官李輔國由於勸輔擁立有功，開始掌管禁軍，亦開啓唐代宦官擁立皇帝之先聲。唐代宗時期，宦官程元振、魚朝恩也先後掌管禁軍。但此時宦官掌管禁軍還未成爲制度。眞正對唐政權形成威脅是唐德宗時，由於朱泚、李懷光等將領先後叛亂，統率禁軍的朝臣白志貞無能，致使他認爲文臣武將都不堪信賴，只有宦官最爲可靠。於是，設統率禁軍之護軍中尉二人、中護軍二人，都以宦官擔任。自此宦官掌管禁軍成爲制度。宦官掌控了朝廷唯一可以直接指揮的軍隊，無疑地也握有操縱政局之實權。據《舊唐書・宦官傳序》卷一百八十四〔註5〕曰：

德宗避涇師之難幸山南，內官竇文場、霍仙鳴擁從。賊平之後，不欲武臣典重兵，其左右神策、天威等軍，欲委宦者主之，乃置護軍中尉兩員、中護軍兩員，分掌禁兵。以文場、仙鳴爲兩中尉。自是神策親軍之權全歸於宦者矣。

其次是宦官執掌機要。肅宗時，就曾讓宦官李輔國宣傳詔命，掌管四方文奏。憲宗時，確立執掌機要之樞密使制，並以宦官擔任。於是，宦官正式參預國家政事。兩樞密使和掌管禁軍之兩中尉合稱「四貴」，是最有權勢的宦官掌握了中央政府的軍政大權。他們能夠任免將相、地方節度使，也有不少出自賄賂中尉的禁軍大將，各道和出征軍隊中也都有宦官監軍。甚至皇帝之生殺廢立也由宦官決定。唐後期

〔註 5〕同註 1，舊唐書，史部二九，第 271-420 頁。

的穆宗、文宗、武宗、宣宗、懿宗、僖宗、昭宗都是宦官所立；〔註 6〕順宗、憲宗、敬宗、文宗均爲宦官所害，昭宗也曾爲宦官囚禁。

宦官專權驕橫，引起皇帝和朝臣強烈不滿，朝臣和宦官之間不斷發生權力衝突。宰相官署在宮廷以南稱爲「南衙」，宦官所在內侍省在宮廷北部稱爲「北司」。史稱此鬥爭爲「南衙北司之爭」。若干士大夫，想從宦官手中奪回政權，使他們自身重新成爲政治之中心。但敢與宦官衝突的，只限於少數有膽識之人。其中最爲激烈是發生在順宗「永貞革新」和文宗「甘露之變」，這兩次事變之勝利者都是宦官。

永貞元年（805）順宗即位，任用以王叔文爲首的一批改革派官員進行改革，改革了德宗留下諸多不合理吏治，史稱「永貞革新」。這次改革內容相當廣泛，主要內容有減輕稅賦、罷去擾民之宮市和五坊小兒等欺壓平民機構，抑制藩鎮割據勢力，選拔人才計畫、收奪宦官兵權等。但是，改革之施行觸動諸多守舊派官僚的利益，受到越來越大的阻力。在巨大壓力下，永貞二年（806）正月初一，順宗被迫在興慶宮進行內禪退位，自稱太上皇；太子純即位，是爲憲宗，改革至此失敗。王叔文因母親去世被迫離職，後來先被貶爲渝州司護參軍，次年又被賜死。其他主要的改革派官員，王伾死于貶所，韋執誼、劉禹錫、柳宗元、韓泰、韓曄、陳諫、淩准、程異等八人被貶爲邊州司馬。這就是所謂「二王八司馬事件」。永貞革新因此煙消雲散。

文宗鑑於憲宗、敬宗都爲宦官所弒，對其專權非常不滿。即位後，隨時想聯合外廷大臣以誅宦官。太和五年（831），他以翰林學士宋申錫爲同平章事與之密謀。事洩，宋申錫被宦官反誣欲立漳王李湊爲帝，結果文宗誤信爲眞，反而貶逐申錫爲開州司馬，死於貶所，牽連此案而被誅者達數十人。太和九年（835）文宗又任用李訓爲宰相、鄭注爲鳳翔節度使，內外呼應，打擊宦官勢力。起初利用宦官內部矛盾，除掉了王守澄等大宦官。後來李訓又在同年十一月二十一日早

〔註 6〕同註 3，第 107 頁。

朝，讓左金吾衛大將軍韓約奏稱夜降甘露於大明宮左金吾衛後石榴樹上，誘騙仇士良、魚弘志等宦官前往觀看，準備在那裏一舉消滅他們。不料仇等發現伏兵，就返身奔走告變，派出宦官所統轄之神策衛士五百人，大殺朝官李訓、鄭注、韓約和宰相王涯等。朝臣受牽連而遭誅貶者，爲數極多。這次事件史稱「甘露之變」。在宦官監視之下，數年後文宗鬱鬱而卒。此後宦官權勢更大，操控皇帝廢立，皇帝成爲傀儡，國家大事完全落入宦官之手，外廷宰相一概不能過問。

宦官勢力延續百餘年，直到唐末昭宗時，被宰相崔胤借用宣武節度使朱溫之兵力，才得以消滅，結果只是把皇帝從宦官手中，轉讓與藩鎮軍閥。

宦官專權造成了政治、軍事、經濟等方面嚴重後果。在政治方面，他們分幫結派、爭權奪利、營私舞弊，以至廢立皇帝，使政治更加黑暗混亂。在軍事方面，各鎮和出征軍隊中都有宦官監軍，破壞了軍隊的統一指揮，大大削弱了軍隊的戰鬥力，削弱了朝廷對藩鎮叛亂勢力及民族反抗勢力進行鬥爭之能力。在經濟方面，宦官大肆掠奪百姓田產，又通過「宮市」強買貨物，敲詐勒索。總之，宦官專權加重了人民的痛苦，使唐後期的政治和社會矛盾更形尖銳。

三、朋黨之爭

唐朝中央官僚主要由兩種人組成，一是門蔭出身，另外則是進士及第出身。門蔭出身多傾向於沒落之門閥士族，進士出身多傾向於與門閥對立之庶族。

唐初自北朝以來之關東世族舊家後裔，仍一貫以閥閱自矜，儘管他們地位已經每下愈況，但他們瞧不起庶族，仇視進士。高宗、武后後，唐朝以進士科提攜人才，每年平均由進士科出身者不過三十人，但在官僚階層中卻居於主導地位，他們彼此政治地位相同，情趣相合，以座主門生之關係，互相援引，所以很容易結成黨派。這兩種出身官員之間明爭暗鬥，由來已久，其中歷時最長、鬥爭最烈是所謂「牛李黨爭」。

李黨首領李德裕，係高門趙郡李氏之後裔。李德裕年輕時，「恥與諸生從鄉賦，不喜科試」，以門蔭入仕途。牛黨首腦牛僧孺，系牛仙客之後。牛仙客出身胥吏，玄宗時雖貴爲宰相，但仍遭時人輕視。牛僧孺和李宗閔等人都是權德輿之門生，互相支持。牛、李兩黨都沒有系統之政綱，主要分歧表現在兩個方面。

在選拔官員方面，李黨主張「經術孤立者進用」，〔註 7〕牛黨主張「地冑詞采者居先」。〔註 8〕魏晉以降的門閥士族多以經學傳家，故重經術實即重門第；詩賦詞采是進士科考試之主要內容，所以重詞采也就是重科舉。由此可以清楚地看出李黨代表門閥士族利益，牛黨代表庶族地主利益。

在如何對待藩鎮方面，李黨主張用武平叛，牛黨主張和平姑息。李德裕是武宗時的宰相，曾堅決地平定了昭義鎮之叛亂。牛黨分子對朝廷向藩鎮用兵，大多採取消極或阻撓的態度。在牛黨看來，藩鎮割據是一種正常現象，根本不必去理它。內廷之宦官，也分爲主戰與主和兩派，前者便是李黨的支持者。

牛、李黨雙方開始結怨是在唐憲宗時期。元和三年（808）制科考試時，應試之牛僧孺、李宗閔等制舉對策，指斥時政，言詞激烈，被主考官錄取。當時，李德裕之父親李吉甫爲宰相，認爲他們攻擊自己，乃向憲宗泣訴，並指出考試中有舞弊現象。結果考官都遭貶逐，牛僧孺等也長久不予升遷。此爲牛李黨爭之序幕。

穆宗即位初，李德裕任翰林學士，爲報夙怨，因事攻擊任中書舍人之李宗閔，結果使宗閔被貶於外。後來，主戰派宦官爲反對派所殺，外朝之反李吉甫派逐漸得勢，牛僧孺也於此時做了宰相，他與李宗閔等聯合，形成「牛黨」。雙方勢不兩立，各樹朋黨，於是兩種不同社會階級對政治地位之競爭，已趨於表面化。

牛、李兩黨鬥爭之高潮是在文宗時期。兩黨互有沉浮，當牛黨得

〔註 7〕同註 2，第 263 頁。
〔註 8〕同註 2，第 263 頁。

勢，盡力排擠李黨之人；李黨得勢，則牛黨盡遭貶斥。牛、李兩黨官員在朝廷上互相攻訐。凡牛黨稱是者，李黨必非之；凡李黨所是者，牛黨必非之。面對牛、李兩黨的激烈傾軋，文宗深以爲患，而繩之不能去，嘗謂侍臣曰：「去河北賊非難，去此朋黨實難。」〔註 9〕

武宗即位後，用李德裕爲宰相，他有治才，爲相期間屢有治績，如平回鶻之亂等，可謂賢相矣；然盡逐牛黨，牛僧孺被貶爲循州長史，李宗閔長流外地。此時期爲李黨最爲得勢之時，可惜時移勢異，宣宗即位後，牛黨在宣宗支持下，完全清除了李黨。李德裕幾經貶謫，大中二年（848），再貶爲崖州司戶；次年於崖州病死。這次黨爭前後持續四十年之久。由此顯示唐之朝廷內部已腐朽，以至失去調解能力，唐之國祚危在旦夕矣。

四、吏治敗壞

唐代地方政治，採內重外輕之措施，故有被輕忽之事實。劉伯驥先生說：「初期朝廷唯重內官而輕州縣之選，刺史多用武人，或京官不稱職，始補外任，邊遠之區，用人更輕。」〔註 10〕唐初，武人或不稱職京官，改任州縣刺史、縣令，邊陲偏遠地區官吏任用，更是輕率，可見地方吏治不受重視。雖然，唐代各時期吏治弊端出現時，總有朝臣上疏諫言，如太宗時有馬周之疏奏、玄宗時有張九齡之建言，但仍未改善重內輕外之實情，朝野人士視出任地方官職就如同被貶逐，充分顯示擔任京官和出任外職心態上大不相同。故官員一旦被派外任，心情低落，不積極行事，甚至怠忽職守，與其心態大有關係。

唐代地方吏治敗壞，主要與其「重內官輕外任」政策有關。在中唐以前，太宗、玄宗等君主尚能注意吏治。劉伯驥《唐代政教史》〔註 11〕載：

〔註 9〕同註 1，舊唐書，史部二九，第 271-292 頁。

〔註 10〕劉伯驥著：《唐代政教史》，台北：中華書局，1954 年 8 月台初版，第 6 頁。

〔註 11〕同註 10，第 6 頁。

> 太宗始自選刺史，京官以上各舉一人爲縣令。又嘗錄刺史姓名於屏風，坐臥觀看，得其在官善惡之迹，註於名下，以備黜陟。恐州縣有不盡職者，遣大理卿孫伏伽、黃門侍郎褚遂良等二十二人，以六條巡察州郡，黜陟官吏，又命尚書史僕射李靖，特進蕭瑀、楊恭仁等十三人，使於四方，觀風俗之得失，察政刑之苛弊。

太宗對於地方官吏盡職與否，相當注重，特遣孫伏伽等二十二人和李靖等十三人，觀察政事刑法之苛弊、得失，故貞觀年間能形成安和樂利之富強社會。

玄宗即位之初，亦對地方政治相當留意，常自選太守、縣令，告戒以言，讓良吏分布於州縣，人民能獲得安樂。又置十道採訪處置使，巡察天下，對吏治之整頓，較貞觀時尤爲積極。〔註 12〕當開元九年（721），陽翟縣尉皇甫憬上疏，指出州縣地方官侵害黎民，而使戶口逃亡。〔註 13〕至此，可知地方官吏漸次敗壞，玄宗屢次詔書指責，但受到內重外輕風氣影響，使地方官員素質不良，不守法之政風橫行。

安史亂後，唐朝面臨內憂外患，一方面宦官、藩鎮、朋黨等問題不斷發生，一方面回紇、吐蕃、南詔侵擾寇掠不止，自然無暇顧及地方吏治，加上各地節度使之職權凌駕於州刺史之上，節度使之廢立不由中央，而由父死子繼或軍士將領擁立，中央只能加以追認，故吏治好壞，朝廷根本無法全盤掌控。

中、晚唐後，吏治敗壞更是明顯，地方官吏貪污聚斂，因舉債而得官者，於其任內設法貪求償債；因賄賂而得官者，於任內再行貪污之實。如此聚斂，黎甿生活困頓。再者，地方官不問吏事，專務享樂者眾，爲政者委執政於下屬，而日以妓樂相伴，甚至不理獄訟，繫囚畢政，無輕無重，任其殍殕。〔註 14〕隨著朝政綱紀之每下愈況，民心

〔註 12〕同註 10，第 15 頁。

〔註 13〕王壽南著：《唐代政治史論集》，台北：台灣商務印書館，1983 年四月二版，第 174 頁。

〔註 14〕宋・孫光憲著：《北夢瑣言》，台北：源流文化出版社，1983 年 4 月

逐漸離散，晚唐盜賊四起，正是吏治敗壞之結果。

貳、經濟社會背景

一、稅賦苛重、貧富不均

唐初，在土地政策方面實行均田制，在賦稅制度實行租庸調制，二制均以人民爲單位。租庸調制必須配合均田制之施行才能執行，客觀上須有安定政治環境、健全戶籍制度，才能準確按丁授田及徵收賦稅。《舊唐書．食貨志》卷四十八〔註 15〕載：

> 丁男、中男給一頃，篤疾、廢疾給四十畝，寡妻妾三十畝，若爲户者加二十畝。所授之田，十分之二爲世業，八爲口分。世業之田，身死則承户者，便授之；口分，則收入官，更以給人。賦役之法，每丁歲入租粟二石。調則隨鄉土所產，綾絹絁各二丈，布加五分之一。輸綾絹絁者，兼調綿三兩，輸布者，麻三斤。凡丁，歲役二旬，若不役，則收其庸，每日絹三尺。有事而加役者，旬有五日免其調，三旬則租調俱免，通正役，並不過五十日。

授田對象集中在男丁方面，男丁所獲之八十畝口分田，用以種植穀物，以繳賦稅，身死必須歸還；二十畝永業田則種植桑榆棗果，生產絹帛，以納戶調，身死可以傳後，不須歸還國家。此制亦能照顧年老、殘廢及寡妻妾，讓他們均獲授適量田地以維持生計，把人民安定於土地上，進行生產。法律上規定所有人都要授田，是以「有田則有租，有戶則有調，有身則有庸」，〔註 16〕故人人都有義務承擔稅項。百姓所繳納的都是本身已有的，如粟出自口分田，布帛出自永業田，故不需改售農作物爲貨幣納稅，避免因物價升降所帶來的影響。如此項目

初版，第 12 頁。卷三：「杜邠公悰，……凡蒞方鎮，不理獄訟，在鳳翔洎西川，繫囚畢政，無輕無重，任其殍殕。」

〔註 15〕同註 1，舊唐書，史部二七，第 269-371 頁。

〔註 16〕鄭樵著、何天馬校：《通志略．食貨略》，台北：里仁書局，1982 年 8 月臺一版，第 539 頁。

分明，官吏無從作弊。此制度之實行，既沒有重斂病民之弊病，又可以杜絕土地買賣兼併，對民生大有裨益，對唐初國計亦有幫助。

唐自武后時期開始，政治漸漸不如唐初，加上突厥、契丹連年入寇侵擾，人民爲規避徭役，而逃亡者增多。玄宗即位初期，曾有心整頓，包括檢查逃亡戶口，但天寶年間，政事日漸敗壞，田地兼併之風熾，據史書統計，天寶十四年（755），不課賦役的戶佔全國總戶數的三分之一強；不課賦役的口則佔全國總口數的六分之五強。〔註17〕安史亂後，戶口逃匿者更多，租庸調制已無法繼續實行。因此至德宗時，有兩稅法制度之創立。

兩稅法，是分兩次於夏、秋二季輸納，夏輸不能超過六月，秋輸不能超過十一月，且其餘一切名目之租稅，均予以免除。主要徵收對象是全國各地定居之人民，不論是主戶和客戶，一律以現有男丁和田地數目爲標準，來劃分貧富等級，規定稅額輸納。商賈就於其所在之州縣課稅，稅率爲其貨物總值之三十分之一。商賈稅三十之一，〔註18〕造成商人之稅比農民輕之情況，且商賈挾輕資轉徙者可脫徭役，故商、農之稅項明顯不公。且稅制以貨幣繳納稅項，農民剛夏收秋收，官府便要徵夏稅秋稅，農民被催促得如此急促，來不及加工實物，只能趕緊拋售實物，造成物價下跌，農民吃虧，更加重其生活負擔，這種由實物轉爲金錢之過程，造成防農利商之舉。

兩稅法雖把租庸調合併一起，化繁就簡，但日子一久，政府就淡忘化繁就簡之來歷。遇到政府用錢，自不免要再增加新稅。這些新稅本來早已有的，只是已併在兩稅中徵收，現在又把此項目加入，無疑等於加倍徵收各項稅收，這是兩稅制稅項不明而造成人民經濟負擔更重之弊病。且全國各地稅率，輕重不一，雖然稅項攤分全國各戶，但因攤分不均勻，各州稅率不均，故稅率重之州縣相繼出現逃亡民戶。而州縣長官因考課功罪是以戶之增減而定，所以都隱瞞不報逃亡民

〔註17〕同註3，第143頁。
〔註18〕同註1，新唐書，史部三一，第273-1頁。

戶，於是形成輕者日輕，重者日重之情況。

兩稅法之實行，宣告均田制徹底瓦解，打破傳統平均地權政策，失去爲民制產之精神。以往土地買賣受到嚴格控制，除官僚貴族永業田和賜田可以出賣外，普通百姓僅能因人死家貧無力埋葬而賣出永業田，或由狹鄉遷往寬鄉者可售口分田，如今變爲只徵租而不授田，土地兼併不再受任何限制，可以自由買賣，大量田地更加迅速集中在豪強手中，富戶持有良田者輸稅同於持有瘦田之農戶，使貧富差距更加明顯，造成貧者愈貧、富者愈富強烈懸殊現象。杜甫〈自京赴奉先縣詠懷五百字〉〔註 19〕曰：「朱門酒肉臭，路有凍死骨。」正是描寫長安貧富懸殊之生活寫照。

憲宗時，分全國之賦爲三，一曰上供，送度支；二曰送使，送本道；三曰留州，存留本州，〔註 20〕此法讓賦稅更加繁重，黎民生活更困頓。地方藩鎮各專租稅，使得各種額外雜稅，如「羨餘」、「月進」、「日進」、「宮市」等不勝枚舉，人爲之賦斂無度，造成農村破產，田園荒蕪。懿宗時，水災、旱災、蝗禍接踵而至，更是雪上加霜，百姓毫無生計，社會百病叢生。

中、晚唐政治混亂擾攘，戰火蔓延不息，徵賦傜役不盡，貧富稅賦不公，天災人禍不斷，民生差距越來越大，政府又無良策解決。姚合〈莊居野行〉〔註 21〕詩云：「客行野田間，比屋皆閉戶。借問屋中人，盡去作商賈。官家不稅商，稅農服作苦。居人盡東西，道路侵壟畝。採玉上山巔，探珠入水府。邊兵索衣食，此物同泥土。古來一人耕，三人食猶飢。如今千萬家，無一把鋤犁。我倉常空虛，我田生蒺藜。上天不雨粟，何由活烝黎。」因賦稅不均，商稅輕於農，又遇凶荒征戰，農事漸廢，轉作商賈，田野荒蕪，倉中無米，民怨四起，終

〔註 19〕陳貽焮主編：《增訂注釋全唐詩》，陝西：文化藝術出版社，2001 年第一版，冊二，第 19 頁。

〔註 20〕同註 10，第 59 頁。

〔註 21〕同註 19，冊三，第 992 頁。

至爆發歷史上著名之黃巢起義，規模之大，波及全國，時間長達十年之久，直至唐亡。

二、士風凌夷、風習奢華

「士」位居四民之首，所處地位上，能結交王侯公卿，下能接觸社會大眾，與民間息息相通，成爲官與民的中介。士以「窮則獨善其身」來涵養品德，「達則兼善天下」爲經國濟世理想，故士風可以說是社會風氣之一種表現，亦能表現出當代之精神風貌。

唐朝入仕之途徑頗廣，其中最主要的是科舉。中得科舉，就可登龍門，入玉堂，飛黃騰達，青雲直上。因此，登科與否是決定一生前程與命運，科舉成爲士子一生奔波追逐之目標。唐・王定保《唐摭言》〔註 22〕稱縉紳雖位極人臣，不由進士者，終不爲美。「十年窗下無人問，一舉成名天下知」，〔註 23〕士子不惜一考、再考、甚至數十考，即使兩鬢發白，仍不喪心挫志，以登進士及第爲榮，故有「三十老明經，五十少進士」〔註 24〕之諺。進士科考試著重詩賦文章。詩是有文字限制的，還須講究聲韻格律；賦要熟悉歷代文學典故，策論則要恪守儒道，見解精闢，能分析指陳古今利弊得失。顯然對士人要求比明經科要高多了，而且更具全面性，若非積學多年，是無法達到的。是以庶族出身之進士，一旦及第，便成爲公卿家擇婿之對象，且進士之政治地位，往往超越門閥士族，因未受傳統儒家典籍與道德禮教束縛，故恃文學、輕禮教，舉止浮華輕薄。

唐代科舉考試未有糊名之制度，因此唐代士人若想得中科第，多用求謁、自荐之方式，來回奔走公卿權貴之門，增加自己名氣和知名度，以求受到名公、權貴或主司賞識和推荐，唐人稱之爲「行卷」，並美其名曰「求知已」。如：李紳赴薦，常以古風求知呂溫，李賀以歌詩

〔註 22〕同註 1，詩話總龜，集部四一七，第 1478-526 頁。
〔註 23〕同註 1，新唐書，子部三四六，第 1040-271 頁。
〔註 24〕同註 1，唐摭言，子部三四一，第 1035-698 頁。

謁吏部韓愈，白居易應舉，初至京，以詩謁著作顧況〔註 25〕等。此類求謁行卷，打通關節以激揚聲名之文士習氣，在唐代中晚期愈行愈烈，蔚然成風。〔註 26〕元・馬端臨《文獻通考・選舉》卷二十九〔註 27〕載：

> 江陵項氏曰：「風俗之弊，至唐極矣！王公大人巍然於上，以先達自居，不復求士。天下之士，什什伍伍，戴破帽，騎蹇驢，未到門百步，輒下馬奉弊刺，再拜以謁於典客者，投其所爲之文，名之曰：『求知己』。如是而不問，則再如前所爲者，名之曰：『温卷』。如是而又不問，則有執贄於馬前，自贊曰：『某人上謁』者。嗟乎！風俗之弊，至此極矣。」

此段話乃針對中、晚唐代士人求謁風氣之實際情況，作極爲貼切描述。

唐武德貞觀之風尚簡，至中期以後，奢華之風愈盛。社會上層，講究豪華，耽於逸樂，不論在營建、飲食、服用、玩賞、遊樂等皆極奢侈、盡享受之能事。至中、晚唐，社會秩序破壞，不只諸帝迷戀丹藥、沉湎畋獵嬉遊，王公大臣貪奢淫逸、以致奢靡相尚，貴族亦養尊處憂、縱遊耽樂，上行下效後，文人也以狎游晏飲爲樂。杜牧〈感懷詩一首〉〔註 28〕：「至於貞元末，風流恣綺靡。」此句詩既是針對詩文而言，同時亦是對當時社會習尚之概括。

第二節　思想、文學環境

中國自漢武帝以來，獨尊儒術。歷代太平盛世之統治者，常將儒學思想作爲統治人們之思想，唐朝亦是如此。據《舊唐書・儒學傳敘》記載：「高祖建義太原，初定京邑，雖得之馬上，而頗好儒臣。」〔註 29〕儒學之盛至唐高宗時有所轉變，其政教漸衰，薄於儒術，尤重文吏。武

〔註 25〕同註 1，太平廣記，子部三五〇，第 1044-138 頁與第 1044-139 頁。

〔註 26〕徐連達著：《唐朝文化史》，上海：復旦大學出版，2003 年 11 月第一版，第 311 頁。

〔註 27〕同註 1，文獻通考，史部三六八，第 610-629 頁。

〔註 28〕同註 19，冊三，第 1238 頁。

〔註 29〕同註 1，舊唐書，史部二九，第 271-531 頁。

后時期，儒、佛、道三種思想呈現並興之局面，如此也擴展人們之思想空間。之後，三種思想經過長時間演變下，從互相矛盾、排斥、鬬爭，至中、晚唐時期，逐漸演變成相互攝取和融合。從當時以儒家爲思想本位之士大夫階層和佛、道往來、包容和運用，就可以了解三教調和已產生一定層面之作用，對其思想和生活也都有巨大變化和影響，這些充分表現在他們的文學藝術、詩歌創作中，促成各種文學流派、風格形成，奠定堅實之思想基礎。

壹、思想背景

唐朝優容儒、佛、道三教，不同於漢武帝之「罷黜百家，獨尊儒術」。在這種三教平衡之環境下，詩人博覽百家、遍觀群書，不受囿於一家，可自由選擇精神支柱，自在表示自己思想信仰，這不但有助於思想解放，更無庸置疑的促進詩歌繁榮。

一、科舉取士

唐朝入仕之主要途徑，有「生徒」、「鄉貢」及「制舉」三種。前二者爲定期性選舉，後者則爲君主下詔，以吸納「非常之才」之不定期選舉。生徒，即學館出身之學生。成績優異之生徒，每年由國子監祭酒送至禮部應「省試」。由於唐代科舉並不普及，故學館出身者，多爲官宦子弟。鄉貢，則指不在學校讀書而自修有成之士子，可從「懷牒自列」途徑入仕，即自由向州縣報名應試，經州縣官評審後，取得參加省試之資格，與生徒一起考試。經此途者，多屬平民子弟。不定期選舉是繼承漢代以來的傳統，用以選拔突出人才。唐「制舉」由君主按需要臨時定立名目，親自策試，曾考科舉或未科舉者，均可參加。所謂科舉，主要是指鄉貢。

唐朝實施科舉取士制度後，用考試形式選士，改善以往推薦選舉制度之弊端，影響此後一千三百多年，直至清代光緒年間，科舉方告廢止。科舉取士開創了平等入仕之先河。隨著寒門晉身仕宦，不但人才增加，並且加速社會流動，打破貴族壟斷。

唐代科舉常科之科目不少，但較重要有秀才、明經、進士、明法、明書、明算六科。其中以進士、明經最盛，考試內容亦較繁複。進士科較重個人發揮及文才，錄取又少，每年不過二、三十人。明經科則重於背誦，欠缺思考，錄取又多，平均每次約錄取一百名，故以進士科較爲重要。由於進士科錄取較明經科難，入仕年齡上亦有差異，時人稱「三十老明經，五十少進士。」另外，由於明經科需多參閱經籍，當時存藏經籍者又多爲大族，故應考明經者，多爲世家大族子弟憑經藉優勢而由明經出身，且自幼受經學薰陶，道德約束較大，德行不至太差。進士科則較重個人才能發揮，忽視德行，少重經籍，應舉者多爲寒門，缺乏家訓制約，品德表現輕薄，且由平民晉身官場，所過之難關太多，一旦得志，更放浪不羈。

明經與進士兩科，分別代表士族與庶族兩種勢力。故中唐以後，出現了牛黨與李黨的分野。門第出身者抨擊進士浮誇，進士出身者又抨擊門第依憑家世，二者漸由政見之爭轉爲意氣之爭。兩黨又各引官員以爲聲援，使座主門生之紐帶關係於黨爭中產生助力，造成朋黨之爭，形成政治混亂，間接促成唐亡。

唐朝憑知識入仕，讀書可爲官。但當時大族子弟有書可觀，寒門則多因經濟原因，沒有足夠書籍閱讀，遂到佛寺道院讀書。於是，佛門提供方便予讀書人，漸漸造成山林讀書及私家講學之風氣，宋代繼這傳統而有書院出現。

唐代把官員特權，明列於國家法律，官吏更可蔭子爲官，社會地位又高，故傳統中國社會皆有一股渴求入仕的風氣。當科舉及第以後，文人便會享有各種特權，尤其在社會方面。根據唐朝法令，凡是在科舉及第，其本人或全家就可以免除賦役，因此造成許多熱愛功名利益之士人，多熱衷科舉考試，凡科舉出身者，尤其是進士科出身者，才能合乎享受免去差役的特權。《全唐文》卷六十六〔註30〕載：

〔註30〕清・董誥等編：《全唐文》，北京：中華書局出版，1987年2月北京第2次印刷，冊一，第704頁。

將欲化人，必先興學，苟昇名於俊造，宜甄異於鄉閭。各委刺史、縣令招延儒學，明知訓誘，名登科第，即免征傜。

由唐代科舉制開始，入仕比前更注重知識。人們渴望爲官，讀書風氣因而更盛，中國「士」、「農」、「工」、「商」之劃分漸成。社會上重視進士科，故登科舉子所作之詩賦都在民間廣爲流傳，甚至還有送人入京應舉詩〔註31〕、送人登第還鄉詩〔註32〕、送人落第歸鄉詩〔註33〕、賀人登第詩〔註34〕等出現，使得唐代世風更崇尚文學，唐詩盛極一時。

二、佛教宏佈

唐朝是我國佛教發展之全盛時期，上自帝王，下至百姓，無不誦經禮佛，嚮往禪林境地。中國傳統思想，著重於解決現實人生問題，出世宗教思想，自古就不發達，佛教之傳入正好彌補這塊空缺。

唐初，高祖武德九年（626），因爲太史令傅奕一再疏請，命令沙汰佛道二教，京城留寺三所，觀二所，每州留寺觀各一所，但因皇子們爭位之變故發生而未及實行。

太宗於貞觀中葉後，對佛教態度轉趨積極，貞觀十五年（641）文成公主入藏，帶去佛像、佛經等，使漢地佛教深入藏地。貞觀十九年（645），禮遇從天竺求法歸來之玄奘，支持譯經工作。玄奘以深厚之學養，作精確的譯傳，給予當時佛教界極大影響，因而在已有的天台〔註35〕、三論〔註36〕兩宗以外，更有法相〔註37〕、律宗〔註38〕等宗

〔註31〕如：王建〈送薛蔓應舉〉、歐陽詹〈賦得秋河曙耿耿送郭秀才應舉〉、貫休〈送盧秀才應舉〉等。

〔註32〕如：趙嘏〈送陳嘏登第作尉歸覲〉、劉駕〈送人登第東歸〉、張籍〈送朱慶餘及第歸越〉、杜荀鶴〈送賓貢登第後歸海東〉等。

〔註33〕如：王維〈送丘爲落第歸江東〉、劉長卿〈送馬秀才落第歸江南〉、韋應物〈送槐廣落第歸揚州〉、岑參〈送孟孺卿落第歸濟陽〉等。

〔註34〕如：鄭谷〈賀進士駱用錫登第〉、李搏〈賀裴廷裕蜀中登第詩〉、褚載〈賀趙觀文重試及第〉、李昭象〈喜杜荀鶴及第〉等。

〔註35〕天台宗，從天台山得名，以《妙法蓮華經》爲經典，以《大智度論》爲指南。（黃懺華著：《中國佛教史》，台北：新文豐出版公司，1983年一月再版，第205頁。）

〔註36〕三論宗，依《中論》、《百論》、《十二門論》三論立宗，故稱之。（同

派相繼成立，佛教漸趨興盛。高宗麟德三年（666）在袞州置道觀及佛寺各三所，另在天下諸州置觀寺一所。〔註39〕稍後，武后、中宗皆崇佛，佛徒以慧能、神秀二禪師最著，此時新譯《華嚴》告成，由法藏集大成之賢首宗〔註40〕也跟著建立。其後，玄宗時，雖曾一度有沙汰僧尼之令，但由善無畏、金剛智等傳入密教，有助於鞏固統治政權，得到帝王信任，又促使密宗〔註41〕形成。當時佛教發展達於極盛，寺院之數比較唐初幾乎增加一半。

代宗、憲宗、穆宗、敬宗亦皆崇佛。元和十四年（819），憲宗曾命人迎佛骨至鳳翔，留宮中三日，以求福祉。朝臣韓愈上表論諫，被貶爲潮州刺史。文宗不喜佛教，至武宗方有滅佛之舉。會昌五年（845）八月，下詔拆毀佛寺四千六百餘所，招提〔註42〕、蘭若〔註43〕四萬餘所，沒收佛寺田產數千、萬頃，將僧尼還俗二十六萬五百人和原屬寺廟奴婢十五萬人收爲兩稅戶，史稱「會昌法難」，爲中國佛教史上「三武一宗」〔註44〕法難之一。會昌廢佛並非期致佛教教團的全面絕滅，而是以改革、整頓佛教教團爲目標。〔註45〕武宗時政治頗有起色，與此舉不無關係。宣宗時，下詔復佛，重修佛寺。懿宗崇佛尤甚，置戒

註35，第196頁。）

〔註37〕法相宗，論究諸法之體性相狀，故名。又依《唯識論》，明萬法唯識之妙理，亦名唯識宗。（同註35，第247頁。）

〔註38〕律宗，依五部律中四分律弘通戒律之一派。（同註35，第285頁。）

〔註39〕同註1，舊唐書，史部二六，第268-93頁。

〔註40〕賢首宗，專依《大方廣佛華嚴經》，談法界緣起事事無礙之妙旨，故名華嚴宗，又名法界宗，亦稱之。（同註35，第219頁。）

〔註41〕密宗，即瑜伽密教者依眞言陀羅尼之法門，修五相三密等妙行，期即身成佛之一派。（同註35，第305頁。）

〔註42〕招提：四方之意。四方之僧稱招提僧，四方僧之住處稱爲招提僧坊。北魏太武帝造伽藍，創招提之名，後遂爲寺院之別稱。

〔註43〕蘭若：梵語「阿蘭若」之省稱。意爲寂淨無苦惱煩亂之處。僧人所居之處也。

〔註44〕三武一宗：北魏太武帝、北周武帝、唐武宗、後周世宗。

〔註45〕鎌田茂雄著，關世謙譯：《中國佛教史》，台北：新文豐出版公司，1978年元月再版，第162頁。

壇、度僧尼、迎佛骨，佛教復熾。之後直至唐亡，佛教未再遭遇嚴重打擊，但武帝以前之盛況，則不復可見矣。

唐人好佛，當代名家爲許多寺院錦上添花，創作了大量膾炙人口，流傳千古之佳作。例如：李白、杜甫、元稹、白居易、劉禹錫、柳宗元等人皆在所過寺院留下了不少詩篇。〔註 46〕寺院環境幽雅，房舍寬敞，加之富有藝術色彩，所以又成爲社會各階層人士宴遊聚會，開展文化娛樂活動之理想場所。其中文人學士、遷客騷人是寺院常客，進京應舉、赴仕途中，或公事閒暇，他們總喜歡到寺院尋芳逐勝，題咏寄情。中唐著名詩人元稹、白居易、劉禹錫等經常在各處寺院唱和。文人接觸佛學，與僧侶交往者比比皆是。

佛教興盛，從唐代詩人之詩作中，可窺其端倪，清人所編《全唐詩》，收集唐朝 2200 多個詩人，共 48900 多首詩，其中士大夫涉佛詩 2700 首，僧詩 2500 首，合計 5200 首，佔全書 10%。〔註 47〕

三、道教興盛

道教，相對於佛教，是一種中國土生土長之傳統宗教，在中國古代之影響次於佛教。唐代特尊道教，在儒、釋、道中，地位崇高。

道教尊老子李耳爲教主。因爲唐朝皇帝姓李，所以從李淵起，皇帝就以教主後裔自居，積極扶植道教，企圖借助神權來鞏固皇權。唐武德八年（625），唐高祖李淵頒布《先老後釋詔》〔註 48〕云：「老教孔教，此土先宗，釋教後興，宜崇客禮。令老先、次孔、末後釋。」下令規定道教在儒教和佛教之上，爲三教之首，確立唐代崇道政策。乾封元年（666），高宗下令尊老子爲太上玄元皇帝。

玄宗統治時期，尊祖崇道之風更盛。開元十年（722）正月，詔

〔註 46〕如：李白〈與從姪杭州刺史良遊天竺寺〉、杜甫〈題忠州龍興寺所居院壁〉、元稹〈華嶽寺〉、白居易〈遊豐樂招提佛光三寺〉等。

〔註 47〕郭紹林著：《唐代士大夫與佛教》，台北市：文史哲，1983 年 9 月，第 271 頁。

〔註 48〕清董誥等編：《全唐文‧唐文拾遺》卷一，北京：中華書局出版，1987 年 2 月北京第 2 次印刷，第十一冊，第 10373 頁。

令當時兩京和各州府都建置玄元皇帝廟。此規定一出，道教宮觀數量劇增。《唐會要》卷七十五〔註49〕載：

> 二十一年勅：「令士庶家藏《老子》一本，每年貢舉人，量減《尚書》、《論語》一兩條策，加《老子》策。」

由開元二十一年（733）這道詔令顯示出了《道德經》在科舉考試中之地位。《唐會要》卷七十七〔註50〕云：

> 開元二十九年正月十五日，于元元皇帝廟置崇元學，令習《道德經》、《莊子》、《文子》、《列子》。待習成後，每年隨舉人例送名至省，准明經考試。通者准及第人處分。其博士置一員。

開元二十九年（741），朝廷首次置玄學博士，每年依明經舉考試，推崇包括《道德經》、《莊子》、《文子》及《列子》等道家學說。玄宗尊老子為大聖祖，令人畫老子像，頒行天下，封莊子為南華眞人，文子為通玄眞人，列子為沖虛眞人，以壯大道教勢力。道教地位大幅度提高，人數也不斷增長，宮觀遍佈全國。據杜光庭〔註51〕統計：「中和四年（884）十二月十五日，唐代自開國以來，所造宮觀約 1,900 餘座，所度道士計 15,000 餘人，其親王貴主及公卿士庶或捨宅捨莊為觀並不在其數。」現存唐代道教建築有山西省芮城縣廣仁王廟和山西省平順縣的天台庵，而廣仁王廟是中國現存最早的道教建築。

〔註49〕王溥著：《唐會要》，台北：臺灣商務印書館，1968年3月臺一版，第1377頁。

〔註50〕同註49，第1404頁。

〔註51〕杜光庭（850～933年），字賓聖（一作賓至），號東瀛子，處州縉雲（浙江麗水）人。一說長安（陝西西安）人。唐懿宗時應九經舉不第，遂入天台山學道。僖宗時召為麟德殿文章應製。中和元年（881）隨僖宗入蜀，遂留成都。後事前蜀王建，召為皇子師，賜號廣成先生。王衍立，授道籙於苑中。晚居青城山白雲溪，年八十四卒。著述極富，《道藏》收入二十八種。有《道德眞經廣聖義》、《太上老君說常清靜經註》、《道教靈驗記》、《道門科範大全集》、《廣成集》、《歷代崇道記》、《洞天福地嶽瀆名山記》、《神仙感遇記》、《墉城集仙錄》、《靈異記》等。（摘錄自任繼愈主編：《道藏提要》，北京：中國社會科學出版社，1991年7月第1次印刷，第1208～1209頁。）

武宗亦好道術，即位後，寵信道士趙歸眞等，並因他們之慫恿，造成佛教之浩劫。其後不久，宣宗又崇佛教，道教地位稍爲降低，但道教憑藉著與皇室之關係，終唐之世，未受重挫。

唐代道教發展，歸納如下：

（一）架構道教理論。唐代許多道教學者，如：孫思邈〔註52〕、成玄英〔註53〕、李榮〔註54〕、王玄覽〔註55〕、司馬承禎〔註56〕、吳筠〔註57〕、李筌〔註58〕、張萬福〔註59〕、施肩吾〔註60〕、杜光庭等，他

〔註52〕孫思邈（約581～682年）京兆華原（陜西耀縣）人，隋唐著名道士，醫藥學家。少通百家説，善言老莊，隱居太白山。後世尊爲藥王。宋徽宗時追封爲妙應眞人。著《千金方》、《四季行工養生歌》、《福壽論》、《保生銘》、《攝生論》、《存神煉氣銘》等。（同註51，第1217頁。）

〔註53〕成玄英，字子實，陜州（河南陜縣）人。隱居東海。唐貞觀五年（631年）召至京師，加號西華法師。永徽中，流郁州。著《道德眞經義疏》、《南華眞經註疏》。其《元始無量度人上品妙經》註，收入《元始無量度人上品妙經四註》中。（同註51，第1199頁。）

〔註54〕李榮，唐初元天觀道士，號任眞子。高宗末，每與太學博士羅道琮、太學助教康國安等講論，爲時所稱。著《道德眞經註》四卷及《西昇經注》。（同註51，第1202頁。）

〔註55〕王暉（626～697年）法名玄覽，號洪元先生。唐廣漢綿竹（四川綿竹）人。好預言、卜筮、風水、九宮六甲、陰陽術數，嘗研討佛、道二教經典，習試神仙諸術。年四十七，益州長史李孝逸召見，度其爲道士。年七十二，武則天召其入都，行至洛州三鄉驛去世。著《老子註》二卷、《老經口訣》二卷、《眞人菩薩觀門》二卷，作《遁甲四合圖》、《混成奧藏圖》。（同註51，第1187頁。）

〔註56〕司馬承禎（647～735年），字子微，號白雲子，河内溫（河南溫縣）人。居天台山修道，故稱天台白雲子。事潘師正，傳其符籙及辟穀、導引、服餌之術。武后、睿宗、玄宗屢次召見。晚居王屋山陽臺觀。玄宗令以三體寫《老子經》，卒謚貞一先生。著《坐忘論》、《服氣精義論》、《上清含象劍鑑圖》等。（同註51，第1197頁。）

〔註57〕吳筠，字貞節，華州華陰（陜西華陰）人。舉進士不中。居南陽倚帝山。天寶初，召至京師，請隸道士籍，乃入嵩山依潘師正、傳正一之法。筠善詩文。與李白等相唱和。唐玄宗召見，敕待詔翰林。大曆十三年（778年）卒。弟子私謚爲宗玄先生。有《宗玄先生文集》、《玄綱論》、《神仙可學論》、《南統大君内丹九章經》等。（同註51，第1209頁。）

〔註58〕李筌，號達觀子，隴西（甘肅天水）人。居嵩山之少室山，好神仙

們對道教教理、教義和修煉方術等方面作了全面發展。由於唐朝皇室大力倡導，當時王公大臣及儒生研究老莊思想蔚然成風。特別是以成玄英、李榮爲代表之崇玄學派，對當時和以後道教理論發展，產生重大影響。

（二）《開元道藏》正式刊行。唐代對道教經籍繼續加以收集和整理，於開元（713～741）年間，編輯成藏，曰《三洞瓊綱》，〔註 61〕總計 3,744 卷。天寶七年（748）皇帝詔令傳寫，廣爲流傳，名叫《開元道藏》。這是中國歷史上第一部道藏。

（三）道教科儀系統化。道教科儀在南朝陸修靜〔註 62〕時已初

之道，官至御史中丞。筌有將略，作《太白陰經》十卷，《中臺志》十卷。時爲李林甫所排，竟入名山訪道，後不知所終。（見《神仙感遇傳》卷一）李筌有《黃帝陰符經註》今存《黃帝陰符經集註》中。另有署李筌撰《黃帝陰符經疏》三卷、《陰符經三皇玉訣》三卷乃後人依託。（同註 51，第 1201 頁。）

〔註 59〕張萬福，唐長安清都觀道士。玄宗時金仙、玉眞公主受道籙，由萬福主持。有《傳授三洞經戒法籙略說》、《三洞眾誡文》、《三洞法服科戒文》、《醮三洞眞文五法正一盟威籙立成儀》等。（同註 51，第 1225 頁。）

〔註 60〕施肩吾，唐道士，字希聖，號東齋，睦州分水（浙江桐廬）人。唐元和十年（815）進士。隱於洪州西山（江西新建縣西，一名南昌山）修道，號華陽眞人，又號棲眞子。（見《歷世眞仙體道通監》卷四五，《三洞群仙錄》卷十六）《道藏》中《西山群仙會眞記》，《太白經》、《養生辨疑訣》、《黃帝陰符經解》、《鍾呂傳道集》等。（同註 51，第 1214 頁。）

〔註 61〕朱越利著：《道經總論》，台北：遼寧教育出版社，1995 年 1 月分版一刷，第 130 頁。《道經總論》云：「《文獻通考》卷 224 引《宋三朝國史志》稱《三洞瓊綱》有 3744 卷。《道藏尊經歷代綱目》稱《三洞瓊綱》有 5700 卷。《太上黃籙齋儀》稱《三洞瓊綱》有 7300 卷。」

〔註 62〕陸修靜（406～477 年），字元德，吳興（浙江吳興縣）人。南朝劉宋時著名道士，謚簡寂先生。宋徽宗宣和元年（1119 年）追封爲丹元眞人。陸修靜博通儒道，旁及佛典。入雲夢山修道，於建康（江蘇南京）賣藥。宋文帝，明帝均禮請之，爲置崇玄館，結集道經，加以整理，分爲「三洞」，編《三洞經書目錄》，《元始舊經紫微金格目》。其存者有《道門科畧》、《洞玄靈寶五感文》、《太上洞玄靈寶眾簡文》另有齋醮儀範等。（同註 51，第 1230 頁。）

具規模，唐代道士張萬福、張繼先〔註63〕和唐末五代杜光庭等對道教科儀、經戒法籙傳授進行了系統之整理和增刪，使其更豐富和完備。特別是唐末五代杜光庭所著之《道門科範大全集》共 87 卷，將道教主要道派之齋醮科儀加以統一，並使之規範化，集唐代道教齋醮科儀之大成。他所制定道門科範，大多爲後世道教所沿用。

（四）內丹道盛行。內丹術可追溯到古代神仙方術。在唐代，內丹道道書，紛紛出現，如崔希範〔註64〕《入藥鏡》、吳筠《南統大君內丹九章經》、陶埴〔註65〕《陶眞人內丹賦》等。本來盛行於唐之金丹術，由於服食有副作用，便促使金丹術由外丹向內丹轉變。至唐末五代，道教內丹道已盛行起來，長於精、氣、神修煉之著名者鍾離權〔註66〕和呂洞賓〔註67〕出現，他們適應三教歸一之思想潮流，主張道佛雙融，性命雙修，爲其思想特點，開創道教內丹學新局面。〔註68〕後世道教全眞派即尊鍾、呂爲祖師。

〔註63〕張繼先，字嘉聞，一字道（遵）正，號翛然子，爲三十代正一天師。宋徽宗曾四召至闕，賜號虛靖先生，著有《明眞破妄章頌》（即《大道歌》）、《心説》。明張宇初編其詩文集爲《三十代天師虛靖眞君語錄》七卷。（同註 51，第 1225 頁。）

〔註64〕崔希範，唐末五代人，號至一子。撰《入藥鏡》言內丹，其《入藥鏡序》見《修眞十書》卷二十一。（同註 51，第 1232 頁。）

〔註65〕陶埴，亦作陶植，唐末五代道士。撰《還金述》及《內丹賦》。（同註 51，第 1229 頁。）

〔註66〕鍾離權，號正陽子，又號和谷子，雲房先生，咸陽（陝西咸陽）人，一云燕台（北京）人。相傳五代後晉時嘗爲中郎將，後漢時爲將，征吐蕃失利，獨騎逃亡，遇異人授以眞訣，遂回心向道，後傳道於呂洞賓、劉海蟾。全眞道尊爲北五祖之一。有《破迷證道歌》一卷，《靈寶畢法》及《鍾呂傳道集》等，蓋皆後人依托。（同註 51，第 1250 頁。）

〔註67〕呂巖，亦作呂嵒，字洞賓，號純陽子，自稱回道人。其活動時代約在唐末至北宋初，河東永樂（山西永濟）人。全眞道尊其爲北五祖之一。元代封爲純陽演政警化孚佑帝君。（見《歷世眞仙體道通鑑》卷四五，《呂祖志》等）相傳其著作頗多，如《純陽眞人混成集》、《純陽呂眞人藥石製》等，大抵均依託。（同註 51，第 1206 頁。）

〔註68〕卿希泰主編：《道教與中國傳統文化》，台北：中華道統出版社，1996 年 2 月 15 日初版，第 139 頁。

道教在帝王提倡下，舉國上下，或習《道德經》、或飲藥酒、或服丹藥、或信方術求長生等，逐漸影響社會各階層，成爲唐代不可忽視之社會風尚。趙翼《廿二史箚記》有一條目「唐諸帝餌丹藥」，〔註69〕列舉帝王：太宗、憲宗、穆宗、敬宗、武宗、宣宗諸帝之死，都與食「長年藥」有著直接或間接之關係。〔註70〕據統計唐代皇帝服食金丹而死者是歷代中最多的。〔註71〕

唐士大夫亦嚮往宣揚長生不死之道教。初唐四傑之一盧照鄰，曾學道于東龍門精舍，且反復煮煉丹砂，多次服食方藥。陳子昂亦是一位道教信徒，從〈感遇詩〉三十八首〔註72〕之中，能體會其道教思想。田園詩人孟浩然，在他的作品中也表達了這一思想，如〈宿天台桐柏觀〉〔註73〕中表示「願言解纓紱，從此去煩惱」，「紛吾遠遊意，學彼長生道」。詩人李頎則與道士張果往來密切，〈謁張果先生〉〔註74〕詩寫出他相信張果已千歲，並試著自己煉丹服食，王維〈贈李頎〉〔註75〕詩云：「聞君餌丹砂，甚有好顏色。」。士大夫中受道教影響最深的要數李白了，他自云「五歲誦六甲」，〔註76〕又云「十五遊神仙」〔註77〕、「十五好劍術」〔註78〕、「十五觀奇書，作賦凌相如」，〔註79〕成年後，與東岩子、元丹丘等多位俠客道士爲友，是位具有道家思想和道教信仰與作風之

〔註69〕清趙翼撰、杜維運考證：《廿二史箚記》，台北：華世出版社，1977年9月新一版，第397頁。

〔註70〕同註3，第163頁。

〔註71〕劉精誠著：《中國道教史》，台北：文津出版社，1993年7月初版一刷，第181頁。

〔註72〕同註19，冊一，第576～583頁。

〔註73〕同註19，冊一，第1227頁。

〔註74〕〈謁張果先生〉：「先生谷神者，甲子焉能計。自說軒轅師，于今幾千歲。」（同註19，冊一，第967頁。）

〔註75〕同註19，冊一，第859頁。

〔註76〕同註1，李太白文集，集部五，第1066-402頁。

〔註77〕同註1，李太白文集，集部五，第1066-369頁。

〔註78〕同註1，李太白文集，集部五，第1066-401頁。

〔註79〕同註1，李太白文集，集部五，第1066-281頁。（同註19，冊一，第1361頁。）

詩仙。據筆者統計，《全唐詩》收錄以「道士」爲題之詩篇，共二百四十一首，以「道人」爲題之詩篇，共四十二首。其他涉及道家思想或道觀之詩作，不勝枚舉，如：儲光羲〈題太玄觀〉〔註 80〕、劉道昌〈鬻丹砂醉吟〉〔註 81〕、劉長卿〈尋洪尊師不遇〉〔註 82〕、張果〈題登眞洞〉〔註 83〕等。

在民間，道教中之鬼神崇拜、齋醮、祈禳之類與民間固有的迷信和巫術一拍即合。在唐代，道教贏得了上至天子、下至百姓之信仰。

貳、文學環境

每一種文學體裁之發展，都是經過長時間醞釀而來，一邊汲取前期文學之精華，一邊改正前期文學之缺點，在不斷摸索努力創作中形成。

唐代文學之所以繁榮，是文學本身不斷發展之結果。自魏晉以來，長達三百多年之政治分合，讓漢族和其他民族融合同化，與外來之宗教、藝術、物產、文化等方面交流，對傳統中國文學起了影響。舉凡不同思想傾向表現，不同題材領域開拓，不同文體特徵探索，以及聲律運用，語言風格創造，手法技巧革新，都爲唐代文學發展，提供了豐富材料。不論是詩、古文、傳奇等都有蓬勃之發展。

一、唐詩興盛的原因

唐朝是中國詩歌史上黃金時代，詩之形式、內容、風格、派別等都呈現多樣化之趨勢。作詩之人自帝王、貴族、文士、官僚，旁及僧、道，下至布衣、歌妓等，都有作品。詩歌在唐朝是一種最普遍之文學形式，不是少數文士之專利品。〔註 84〕

〔註 80〕 同註 19，冊一，第 1003 頁。

〔註 81〕 同註 19，冊五，第 837 頁。

〔註 82〕 同註 19，冊一，第 1105 頁。

〔註 83〕 同註 19，冊五，第 819 頁。

〔註 84〕 劉大杰著：《中國文學發展史》，台北市：華正書局，1998 年 8 月版，第 367 頁。

唐詩能夠如此蓬勃發展之原因，歸納有以下七點：

（一）君主大力提倡

唐詩之盛，主要得力於唐代統治者都重視文學。唐代君主，如太宗、高宗、中宗、睿宗、玄宗、肅宗、德宗、文宗、宣宗、昭宗等皆有詩流傳。元・辛文房《唐才子傳》卷一〔註85〕載：

> 夫雲漢昭回，仰彌高于宸極；洪鐘希叩，發至響于咸池。以太宗天縱，玄廟聰明，憲、德、文、僖，睿姿繼挺，俱以萬機之暇，特駐吟情。奎壁騰輝，袞龍浮彩，寵延臣下，每錫贈酬。故「上有好者，下必有甚焉者矣」。

唐朝二八九年，共歷二十二主，太宗以過人天賦開創於前，其他君王相繼力挺，故達風行草偃之效。又唐太宗設文學館、弘文館，招延學士。高宗、武后、中宗皆重視詩歌創作。中宗雅好詩人，吟詩雅集，不修朝儀，故唐人詩集，多應制、聯句、唱和、游樂之作。〔註86〕駱賓王卒，中宗不因其爲罪犯，亦敕集其詩文。武后宴集群臣，宋之問之詩，文理兼美，更獲御賜錦袍。玄宗時，李白以詩爲翰林供奉，出入禁中，地位高出常流。憲宗、穆宗擢用詩人。文宗置詩學士七十二人。白居易死後，宣宗親爲詩以弔之。《全唐詩》卷四〔註87〕載：

> 綴玉聯珠六十年，誰教冥路作詩仙。浮雲不繫名居易，造化無爲字樂天。童子解吟〈長恨〉曲，胡兒能唱〈琵琶〉篇。文章已滿行人耳，一度思卿一愴然。

王維死後，代宗曾關心他詩集編纂工作。其他帝后，亦多愛好詩歌，提獎後進。詩人得到君主賞識厚愛，對後起士子更有鼓勵作用，故作詩風氣大盛。且唐代君主對詩人之容忍，亦歷代所無，如白居易之〈長恨歌〉、杜甫之〈三吏〉、〈三別〉，雖有刺及皇帝或時政，但未聞以此

〔註85〕戴揚本注譯：《新譯唐才子傳》，台北：三民書局，2005年9月初版一刷，第9頁。

〔註86〕杜松柏著：《禪學與唐宋詩學》，台北：黎明文化，1980年10月20日初版，第108頁。

〔註87〕同註19，冊一，第48頁。

獲罪。而宋以後之詩人以詩獲罪者，比比相屬，唐詩可以如此興盛，得力於帝王之提倡，誠事實也。

（二）科舉詩賦取士

唐代以科舉取士，詩歌又爲科舉考試科目，詩歌既成士人入仕途之門徑，自然令詩歌創作蔚成風氣。〈全唐詩序〉〔註 88〕曰：

> 蓋唐當開國之初，即用聲律取士，聚天下才智英傑之彥，悉從事於六義之學，以爲進身之階；則習之者固已專且勤矣。而又堂陛之賡和、友朋之贈答，與夫登臨讌賞之即事感懷，勞人遷客之觸物寓興，一舉而託之於詩。雖窮達殊途，悲愉異境，而以言乎攄寫性情，則其致一也。

科舉制度使詩成爲青年士子之必修科目，對於詩歌技巧訓練和詩歌普及，有其一定之作用。士人無不竭其心思而爲之，故唐詩得以大盛，至晚唐更見其工。科舉時之應試詩，受限於題韻、功令及時間，鮮有佳作，《文苑英華》所載四百五十九首省試應試詩，平仄對仗雖工，但缺意境及言外之意，僅有少數不顧試律，爲後人稱豔，故清・王士禎《漁洋詩話》卷中〔註 89〕曰：

> 祖詠〈試終南山望餘雪詩〉云：「終南陰嶺秀，積雪浮雲端。林表明霽色，城中增暮寒。」四句即納卷。或詰之，詠曰「意盡」。閻濟美〈試天津橋望洛城殘雪詩〉，只作得廿字，云：「新霽洛城端，千家積雪寒。未收清禁色，偏向上陽殘。」主司覽之，稱賞再三，遂唱過。二事絕相類，題韻皆同。

據《唐詩紀事》卷二十記載，〈終南望餘雪詩〉是祖詠在長安之應試詩，詩中詠物寄情，意在言外。《太平廣記》卷一百七十九，〈天津橋望洛城殘雪詩〉是閻濟美在洛陽之應試詩，雖只寫了二十字，但意境清新明朗，亦是應試詩佳作。士子爲求能得意於科場，不乏自我推薦，或公然請託，挾詩投卷，爭取達官顯要品評，讓自己聲名遠播，以影

〔註 88〕同註 1，全唐詩，集部三六二，第 1423-1 頁。

〔註 89〕丁福保編，王夫之等撰：《清詩話》，台北：木鐸出版社，1988 年 9 月初版，第 184 頁。

響主試者，增加中舉機會。宋・魏慶之《詩人玉屑》卷十〔註 90〕載：

> 樂天初舉，名未振，以歌詩投顧況，況戲之曰：「長安物貴，居大不易。」及讀至〈原上草〉云：「野火燒不盡，春風吹又生。」曰：「有句如此，居亦何難，老夫前言戲之耳。」《古今詩話》

由於唐朝科舉有「溫卷」〔註 91〕、「通榜」〔註 92〕之流弊，或多或少影響考試制度之公平性，但詩之創作仍然相當積極，隨著政治權力之轉移，不論是晉身朝廷、干贄王公、獻媚藩鎮，皆爲圖仕途不可或缺之助力，此乃唐詩大盛原因之一。

（三）詩人地位轉移

因科舉制度設立，唐詩人大多出自民間，他們有豐富之生活經驗和對現實社會之認識，創作出內容充實之詩歌，將作家地位由貴族擴展到平民階層，使民間詩人創作得到自由發展，衝破六朝貴族文學之束縛，深刻廣泛地反映出平民生活與思想。

（四）政治社會多變

唐代國運興隆，貞觀之治至玄宗開元年間，近百年社會安定，經濟富裕，對詩人文學創作提供了有利的條件。安史亂後，繼有宦官爲禍，朋黨之亂，藩鎮割據等。社會黑暗，經濟困頓，亦有大量題材讓詩人以詩抒發其鬱結之感情。

（五）詩歌體裁演進

四言起於周初，盛於西周、東周之際，而衰於秦漢；五言起於漢，盛於魏晉六朝。七古及律絕近體形成於六朝，盛於唐代。詩歌之發展，從五言古詩、七言古詩，經過長期發展、演變，加上齊梁時代聲律說興起，在唐代有了平仄與押韻更嚴格之絕句、律詩出現，再加上古詩，

〔註 90〕魏慶之撰：《詩人玉屑》，台北：九思出版社，1978 年 11 月 15 日台一版，第 227 頁。

〔註 91〕「溫卷」即先把平日作品送呈京師名人品評。

〔註 92〕「通榜」即考官取士，僅取考生名聲，不問應試答題的優劣。

形成唐詩三種主要體裁。唐代詩人大量創作這三種體裁之詩歌，使唐詩更爲興盛。

（六）儒道佛之並盛

儒家積極入世思想成爲許多唐詩人之共同風尚，蔚爲主流；道家主張出世思想，對浪漫派詩人李白影響甚大；佛教義理深妙，對王維等詩人之創作和思想都有影響。文人與道士、僧侶交往頻繁，或送別感懷、或企羨隱逸、或持經問難，儒道佛產生文化上百家爭鳴之現象，擴大知識分子眼界，使唐詩出現不同流派風格、百家齊放之現象。

（七）各族文化交流

唐代國勢強盛，境內各族融合，加上陸海交通頻繁、運河長江便利，間接促成本國文化和外族文化交流。文人雅士或多或少亦與外國僧徒學子有所接觸，使唐詩能汲取各族文化風俗之營養，對詩人有重大之影響。至於塞外風光及生活，更成爲詩歌中之題材。

二、中晚唐詩歌流派

中晚唐時期政治環境急劇變化，一連串藩鎮割據，叛亂頻傳，烽火四起；朋黨林立朝野，互相傾軋鬪爭，著名之牛李黨爭，長達四十餘年；加之永貞革新、元和削藩、甘露之變，及宦官掌王命、握兵權，甚至弒君、立君、殺朝臣；外則回紇驕橫，寇擾邊境，加上吐蕃大舉入侵、南詔叛變，戰亂相循不止，君主黷武窮兵，朝政腐敗，國勢衰頹，民不聊生，海內大亂，烽煙四起。人們生活、思想以及整個社會風尚，與盛唐相比，都發生巨大變化。「不經一番寒徹骨，焉得梅花撲鼻香」，歷史動盪產生多種多樣藝術風格之詩人和詩派，使詩壇呈現全面繁榮之景象。

中晚唐詩歌流派依《中國詩歌流變史》〔註 93〕劃分，在中唐時期（762～826 年），可分爲自然派、社會派、邊塞派、清雅派、怪澀

〔註 93〕李曰剛著：《中國詩歌流變史》，台北市：文津出版社，1987 年二月出版，第 334～521 頁。

派；在晚唐時期（827～906 年），可分爲豪宕派、典綺派、律格派、淺俗派、怪澀派、幽僻派、清雅派。今就姚合、賈島與周賀三人之詩予以例說如下：

邊塞派——擅長描寫邊塞征戰生活之詩人，以其反映邊塞征戰生活之詩作蔚爲大觀，被稱爲「邊塞詩派」。中唐外寇內藩，戰亂頻繁，較盛唐爲甚，姚合詩〈劍器詞〉、〈從軍樂〉、〈從軍行〉、〈窮邊詞〉等篇，均富尚武精神，風格雄健。

怪澀派——中晚唐特有之詩風，偏重於講求文學之藝術技巧與價值，予當時詩壇極大影響，導致詼詭險僻之詩歌大興。賈島爲此派著名作家之一，其詩變格入僻，多半是五律，善寫貧窮愁苦，專以鑄字煉句取勝，如〈送無可上人〉詩：「獨行潭底影，數見樹邊身。」〔註 94〕此二句乃其三年所得。

幽僻派——其詩以幽峭僻苦爲主，追蹤賈島，詩人精心造象，刻意修詞，句烹字煉，苦吟力索。周賀爲此派作家之一，與賈島、無可齊名。

三、酬酢唱和風熾

唐朝自開國以來，士林文會興盛，歷久不凋。酬酢唱遊之風昌盛，究其原因，一爲君王喜與群下賡唱，因此於君臣出遊、或者朝令宴會、節日慶典場合中，朝臣在君王命令下，時常以詩歌助興。二爲文人士子喜愛宴集酬唱，酬唱中可以切磋詩藝，交流創作經驗，獲得露才揚己之機會，詩會、詩社隨之產生，久而久之遂形成文士集團。三爲安史亂後，朋黨林立，促使文人群體大量出現。節鎮幕府爲結合自己勢力，徵聘、委任士子，以爲進身之階，燕遊唱酬，漸漸醞釀爲文學集團。四爲科舉弊案叢生，文人必須行卷顯宦，以求干謁仕進，在互爲薦引之下，遂成士人集團。

初、盛唐時期，君臣唱和盛行，主要有應制、應詔、應令、應教

〔註 94〕同註 19，冊四，第 127 頁。

之活動，爲群臣奉和皇族之詩，其後擴展至朝臣間之酬答。在《全唐詩》中，所收錄「奉和應制」〔註95〕、「奉和應詔」〔註96〕、「奉和應令」〔註97〕、「奉和應教」〔註98〕等類詩作，寫作時間大多數是在初、盛唐時期。中、晚唐後，由於科舉產生一批新興進士階層，故詩之唱和，多數以進士階層爲主，如：元白、劉白、皮陸等彼此之間所寫之和詩。據趙以武〈古詩唱和體說略〉統計，唐代唱和詩作約有二千六百餘首，如：白居易有一百八十首、陸龜蒙一百七十首、劉禹錫一百四十七首、皮日休七十一首、張說五十八首、權德輿五十七首、徐鉉五十四首、元稹四十九首、韓愈四十九首、盧綸四十三首。以上十位詩人作品總計八百七十八首，佔了唐代唱和詩總數之三分之一，其中除張說一人是盛唐詩人外，其他皆是中、晚唐詩人。〔註99〕明・胡震亨《唐音癸籤》卷三十〔註100〕載：

> 又同人倡和有《珠英學士集》武后時崔融集修三教珠英學士李嶠、張說等詩五卷、《大歷年浙東聯倡集》志不詳何人，疑鮑防、呂渭與嚴維諸人倡和詩也。二卷、《諸朝彥過顧況宅賦詩》一卷、《集賢院壁記詩》李吉甫、武元衡、常袞題詠集二卷、《壽陽倡詠集》裴均十卷、《渚宮倡和集》前人，二十卷、《荊潭唱和集》裴均、楊憑一卷、《盛山倡和集》韋處厚與元稹等十人詩，十二題一卷、《斷金集》李逢吉、令狐楚酬倡一卷、《三合人集》王涯、令狐楚、張仲素五七言絕句一卷、《三州倡和集》元積、白居易、崔元亮一卷、《元白繼和集》一卷、《汝

〔註95〕如：上官昭容〈奉和聖制立春日侍宴内殿出翦綵花應制〉、宋之問〈奉和九月九日登慈恩寺浮屠應制〉、崔湜〈奉和登驪山高頂寓目應制〉、李嶠〈奉和春日遊苑喜雨應制〉等。

〔註96〕如：魏徵〈奉和正日臨朝應詔〉、楊師道〈奉和夏日晚景應詔〉、楊炯〈奉和上元酺宴應詔〉、許敬宗〈奉和詠雨應詔〉等。

〔註97〕如：褚亮〈奉和禁苑餞別應令〉、虞世南〈奉和幽山雨後應令〉、李百藥〈奉和初春出遊應令〉、貫曾〈奉和春日出苑矚目應令〉等。

〔註98〕如：宋之問〈奉和梁王宴龍泓應教得微字〉。

〔註99〕趙以武：〈古詩唱和體說略〉，《國文天地》11卷7期，1995年12月，第94頁。

〔註100〕明・胡震亨著：《唐音癸籤》，台北：木鐸出版社，1982年7月初版，第315頁。

洛集》劉禹錫、白居易倡和一卷、《劉白倡和集》三卷、《洛中集》令狐楚、劉禹錫倡和一卷、《彭陽倡和集》前人，三卷、《吳蜀集》劉禹錫、李德裕倡和一卷、《漢上題襟集》段成式、溫庭筠、崔珏、余知古、韋蟾等襄陽幕府倡和詩什及書箋，十卷、《松陵集》皮日休在吳郡幕府與陸龜蒙酬倡詩，六百五十八首，十卷、《僧廣宣與令狐楚倡和詩》一卷、《僧靈徹酬倡詩》十卷、《峴山倡詠集》八卷，疑顏眞卿與劉全白等倡和詩、《唐名賢倡和集》二十卷，宋志存四卷、《荊夔詠和集》一卷、《翰林歌辭》一卷，以上三編失撰人名。

從唐人唱和集數量變化可看出，初唐武后時有珠英學士集一種，大曆後之中晚唐則出現二十四種唱和集。由此可知，唐人唱和詩數量以中晚唐詩人爲多，且中唐更盛於晚唐。風尚所及，處於中晚唐時期詩人，其唱和詩在詩人詩作中自然也有相對數量之比例。周賀處於此時期，據筆者統計，屬於酬酢唱和詩者有〈酬吳之問見贈〉、〈上陝府姚中丞〉〔註101〕、〈投江州張郎中〉、〈同朱慶餘宿翊西上人房〉、〈同徐處士秋懷少室舊居〉五首，正符合當時代之潮流。

第三節　周賀之生平及遊踪

壹、生平考

周賀，法名清塞，字南卿，中晚唐人。新、舊《唐書》皆無傳，僅《新唐書・藝文志》載周賀詩一卷。

關於周賀生卒年代，史書無載，早已不可考據，今從其與他人交往之詩篇，略作考據，並將其交往詩人之生卒年代及事蹟，與周賀互爲對照。從其〈贈皎然上人〉詩，可推測其與皎然上人有所交集，若依《增訂注釋全唐詩》皎然上人的生卒年代約 720 至 794 年，二人較不會有交集。但據大陸學者徐文明〈唐代詩僧皎然的宗系和

〔註101〕〈上陝府姚中丞〉詩收錄於《全唐詩》卷五百零三。宋・臨安府陳宅書籍鋪刻本《周賀詩集》未見此詩。（唐・周賀著：《周賀詩集》，北京：北京圖書館出版社，2002 年 10 月第一版第一次印刷。）

思想〉之考證判定，皎然上人生於開元八年（720），卒於永貞元年（805），由此可推知周賀生於永貞元年之前，在貞元（785～805）初出生。

關於周賀籍貫問題，計有《全唐詩流派品匯》考爲「四川廣元」，《唐五代詩鑒賞》爲「四川廣元西北」，《增訂注釋全唐詩》爲「河南洛陽市」，〈《宋史・藝文志》釋氏別集、總集考〉爲「河南」，《全唐詩廣選新注集評》爲「洛陽」。唐韓愈〈縣齋有懷〉：「求官去東洛，犯雪過西華。」〔註 102〕詩中之東洛，即爲洛陽。筆者參酌考證漢唐時以洛陽爲東都，東洛應是洛陽之稱，故周賀應是河南洛陽人。

貳、遊蹤考

一、居廬為僧

周賀早年居廬山爲僧，客南徐多年，又曾隱居嵩山少室。廬山在今江西省九江市南，聳立於鄱陽湖、長江之濱，又名匡山、匡廬。據北魏・酈道元《水經注・廬江水》，〔註 103〕廬山與漢陽及香爐、五老諸峰對峙。三面臨水，江湖水氣鬱結。山多巉巖、峭壁、清泉、飛瀑之勝。著名勝跡有白鹿洞、仙人洞、三疊泉、含鄱口等。廬山景緻峻秀，實爲陶冶心情之靈地。周賀〈秋晚歸廬山留別道友〉詩云：

> 病起陵陽思翠微，秋風動後著行衣。月生石齒人同見，霜落木梢愁獨歸。已許衲僧修靜社，便將樵叟對閒扉。不嫌舊隱相隨去，廬岳臨天好息機。

「陵陽」爲山名，在今安徽石台北，另一說在宣州城內，相傳爲陵陽子明得仙之地。陵陽子明是古代傳說中的仙人。《史記・司馬相如列傳》：「使五帝先導兮，反太一而從陵陽。」〔註 104〕南朝宋・裴駰集解引《漢書音義》曰：「仙人陵陽子明也。」「翠微」泛指青山，此應指

〔註 102〕同註 19，冊二，第 1351 頁。
〔註 103〕同註 1，水經注，史部三三一，第 573-582 頁。
〔註 104〕同註 1，史記，史部二，第 244-821 頁。

廬山。「石齒」是齒狀石頭，在此指山石間之水流。「舊隱」是舊時的隱居處，此處應是謙稱之詞。「息機」是息滅機心之意，表示住在廬山可以讓人忘卻塵囂。「月生」二句，以景入情，寫出一人歸去之孤獨。「已許」二句，用生活所見，刻畫出廬山寧靜幽閒之狀。「不嫌」二句，期望道友可與之相結伴回景色絕佳之廬山。此乃周賀於秋季晚歸廬山寫詩贈別道友之作。周賀雖病愈於陵陽，心中卻思念廬山，因此秋季風起後動身準備打道回所居地廬山。〈潯陽與孫郎中宴迴〉詩云：

別酒已酣春漏前，他人扶上北歸船。潯陽渡口月未上，漁火照江仍獨眠。

此詩題之「潯陽」，今江西九江市，地近廬山，應是周賀早年與孫郎中把酒言歡後，歸廬山之作。而「孫郎中」與〈憶潯陽舊居兼感長孫郎中〉〔註105〕之「長孫郎中」似同一人。據《增訂注釋全唐詩》考證其名不詳，約開成中任江州刺史。〈憶潯陽舊居兼感長孫郎中〉詩云：

潯陽卻到是何日，此地今無舊使君。長憶窮冬宿廬嶽，瀑泉冰折共僧聞。

「卻」指回轉、返回。「舊使君」即是長孫郎中。此首應是周賀離開廬山之後，回憶舊居和昔日知己之作。

二、客居南徐

南徐乃古代州名，指南徐州，爲京口別稱，即今江蘇省鎮江市。東晉僑置徐州於京口城，南朝宋改稱南徐。唐王昌齡〈客廣陵〉：「樓頭廣陵近，九月在南徐。」〔註106〕南徐所在地較廬山爲熱鬧，客居於此，想必能讓周賀有不同心境之體悟。〈京口贈崔固〉詩云：

積雨晴時近，西風葉滿泉。相逢嵩嶽客，共聽楚城蟬。
宿館橫秋島，歸帆漲遠田。〔註107〕別多還寂寞，不似剡中年。

「嵩嶽」指嵩山。「楚城」乃鎮江。「漲」即瀰漫、充滿。「剡中」爲

〔註105〕《周賀詩集》未見此詩。
〔註106〕同註19，冊一，第1070頁。
〔註107〕《周賀詩集》爲「歸帆遠漲田」。

剡縣一帶，在今浙江嵊縣南。此爲周賀離別京口，告別、贈詩崔固之作，整首詩難掩離別寂寞之情。《全唐詩》此首詩一作無可詩，詩題爲〈京口別崔固〉。〈留別南徐故人〉詩云：

三年蒙見待，此夕是前程。未斷卻來約，且伸臨去情。

潮迴灘鳥下，月上客船明。他日南徐道，緣君又重行。

「蒙」爲承蒙。「前程」指前面的路程。「伸」即展現、抒發。「迴灘」是指曲折流急的河道。「潮迴」二句是倒裝句，順裝應爲「潮下迴灘鳥，月明上客船。」周賀作此詩時應已經離開南徐，詩中描述他鄉遇故知及故人臨行之邀約。

三、隱居少室

嵩山在今河南省登封縣北，爲五岳之中岳。古稱外方、太室，又名崇高、嵩高。其峰有三：東爲太室山，中爲峻極山，西爲少室山。唐白居易〈八月十五日夜同諸客玩月〉:「嵩山表裏千重雪，洛水高低兩顆珠。」〔註 108〕嵩山氣勢磅薄，地近周賀之籍貫東洛。由周賀常居山林，可知其心性淡泊、好入名山。〈同徐處士秋懷少室舊居〉詩云：

曾居少室黃河畔，秋夢長懸未得回。扶病半年離水石，思歸一夜隔風雷。荒齋幾遇僧眠後，晚菊頻經鹿踏來。燈下此心誰共說，傍松幽徑已多栽。

「處士」本指有才德而隱居不仕之人，後來泛指未做過官之士人。「水石」猶泉石。多借指清麗勝景。周賀作此詩時，應該已經離開嵩山少室山了。整首詩顯而易見表達出周賀思念少室舊居之情。

四、訪友杭州

文宗太和末（834、835），姚合在錢塘擔任刺史，周賀帶著詩稿前往拜訪，投遞名帖，請求評定並分列次第，姚合接待他時覺得相當意外。看到〈哭僧詩〉云：「凍鬚亡夜剃，遺偈病中書。」感到非常

〔註 108〕同註 19，冊三，第 600 頁。

喜歡，於是贈送其冠巾，讓他恢復出家前之姓名周賀。這時，周賀夏臘〔註 109〕已高，出仕求榮願望淡薄，最後前往依附名山諸尊宿〔註 110〕以終。由此可推知，周賀早年出家爲僧，愛好山林，喜歡寫詩寄情。當周賀在太和末特地去杭州拜訪姚合時，應該至少四、五十歲，甚至更多，才會特別說其出家年歲已經很久。而希望姚合能爲其品評詩作等第，也正符合當時干謁行卷之社會風氣，但周賀並不會因此讓世俗之富貴名利動搖其心，實難能可貴也。〈留辭杭州姚合郎中〉詩云：

波濤千里隔，抱疾亦相尋。會宿逢高士，〔註 111〕辭歸值積霖。

叢桑山店迥，孤燭海船深。尚有重來約，知無省閣心。

「積霖」指久雨。「省閣」指中樞機構。此首是周賀想離開杭州，而特地向擔任刺史之姚合約好下次再來訪杭州之詩作。

綜觀周賀一生，早年在廬山爲僧，曾客居南徐，隱居嵩山少室，雖然他生活困頓，但不改初衷，最後還是依附名山尊宿，終其一生。

第四節　周賀之交遊

人是群居之動物。閉門造車只會讓自己像井底蛙一樣，無法開拓胸懷和視野，身處交通不便的古代，「仗劍去國，辭親遠遊」，〔註 112〕正是累積人生經驗、自我鍛鍊之最佳方式。周賀往來於名山之中，多所遊歷，觀其交遊詩，可知其交遊頗爲廣泛，舉凡名臣胥吏、僧徒道士、隱逸高人皆有交誼。茲就其詩中可考證之人物，概述如下：

壹、名臣胥吏

周賀詩中，不少與名臣胥吏酬和寄贈之詩篇，從中可了解其交遊狀態及其思想內涵。

〔註 109〕夏臘——僧人出家的年數。

〔註 110〕尊宿——亦作「尊夙」，指年老而有名望的高僧。

〔註 111〕《周賀詩集》爲「會宿逢高燒」。「高燒」指體溫在攝氏三十九度以上，也叫高熱。

〔註 112〕同註 1，李太白文集，集部五，第 1066-402 頁。

一、姚　合（約 782～846 年）

姚合，吳興人，宰相姚崇侄曾孫。父姚開爲相州臨河令，遂寄家河朔。元和十一年（816）進士及第，爲魏博田弘正從事，歷武功主簿，富平、萬年尉。寶歷二年（826），爲監察御史，遷殿中侍御史、戶部員外郎，出爲金州刺史。入爲刑、戶二部郎中，復爲杭州刺史。歷諫議大夫、給事中，授陝虢觀察使。會昌末，官終秘書監，謚曰懿，贈禮部尚書。人稱姚武功或姚秘監。〔註 113〕《全唐詩》卷四九六至五零二錄其詩七卷，計五百二十首。

在文宗大和（827～835）末，姚合擔任杭州刺史，周賀攜書投刺，以求品第。姚合見其〈哭閑霄上人〉云：「凍髭亡夜剃，遺偈病時書。」非常喜愛，因此加之以冠巾。由此可知姚合是周賀的伯樂，他慧眼識周賀，命其還俗，後來周賀因已爲僧多年，年紀也不小了，加上心性淡泊名利，所以終其一生，未曾爲官。周賀從姚合交遊，酬贈之詩共有四首。

其一〈寄姚合郎中〉，詩云：

轉刺名山郡，連年別省曹。分題得客少，著價買書高。

晚柳蟬和角，寒城燭照濤。鄱溪臥疾久，〔註 114〕未獲後乘騷。

「刺」爲刺史。「名山郡」，此指金、杭二州。「省曹」在這裡是指尚書省官署。「分題」指詩人聚會，分探題目而賦詩，又稱探題。「鄱溪」指鄱陽湖，在江西省北部，臨近廬山，乃早年周賀爲僧之地。按大和年間，姚合初自戶部員外郎出任金州刺史，後又自戶部郎中出守杭州。此詩屬應酬詩，約作於大和九年（835），姚合任杭州刺史時。整首詩格調清雅，首聯點出姚合任官經歷，中間二聯對仗工整，「晚柳」二句，借景抒其志向高潔，末聯則道出自己久病在床，未能夠前往拜謁。

其二〈贈姚合郎中〉詩云：

〔註 113〕同註 19，冊三，第 962 頁。

〔註 114〕《周賀詩集》爲「鄱溪臥疾者」。

望重來爲守土臣，清高還似武功貧。道從會解唯求靜，詩造玄微不趁新。玉帛已知難撓思，雲泉終是得閒身。兩衙向後長無事，門館多逢請益人。

「望重」名望大。「玉帛」是指財物。「兩衙」是指官府早晚兩次坐衙治事，接受屬吏參謁。「請益」是向人請教之意。此詩清奇雅正，約作於大和九年，當時姚合由戶部郎中出任杭州刺史。首聯二句，以姚合擔任地方官與曾任武功縣主簿，顯示其名望大和爲官清高。其對「道」之領悟以靜爲主，其「詩」幽深、微妙不會迎合新潮流。頸聯「玉帛」二句，讚美其視錢財爲身外物，嚮往自然、悠閒度日。中間四聯對仗工整，雖有讚美之意，而含蓄有味。末聯二句，寫其爲官之辦案迅速俐落，登門求謁者眾多。整首詩在字句排列上力求新奇，用語典雅純正。

其三〈留辭杭州姚合郎中〉詩云：

波濤千里隔，抱疾亦相尋。會宿逢高士，辭歸值積霖。叢桑山店迥，孤燭海船深。尚有重來約，知無省閣心。

末聯「尚有」二句是倒裝句，順裝則爲「知無省閣心，尚有重來約。」此首詩約作於大和九年，敘述周賀千里抱病來拜訪姚合，如今想回歸山林，約好下次再來訪杭州。

其四〈上陝府姚中丞〉詩云：

此心長愛狎禽魚，仍候登封獨著書。領郡只嫌生藥少，在官長恨與山疏。成家盡是經綸後，得句應多諫諍餘。見說養眞求退靜，溪南泉石許同居。

「陝府」爲陝州大都督府，治州在河南三門峽市。此詩作於開成五年（840）左右，是周賀呈給姚合之作。整首詩將姚合爲官與其嚮往自然之心境做對比，刻畫出身在朝廷而志向山林。

二、賈　島（779～843 年）

賈島，字閬仙，一作浪仙。范陽（今河北涿縣）人。早歲棲身佛門爲僧，法名無本。元和間至東都，時洛陽令禁僧午后不得出，島爲詩自傷。韓愈賞其才，因教島爲文。後還俗，累舉進士不第。文宗開成初，任遂州長江縣主簿，故人稱「賈長江」。會昌初，以普州司倉參軍遷司戶，未及受命，卒，時年六十五。〔註 115〕《全唐詩》卷五七十至五七四錄其詩五卷，計其詩四百一十二首。

在《唐摭言》、《唐詩紀事》和《唐才子傳》等書均指出周賀與賈島齊名。元・方回《瀛奎律髓》〔註 116〕曾以周賀〈晚春從人歸覲〉〔註 117〕之「折花林影動，移石澗聲回」句得益賈浪仙〈題李凝幽居〉之「過橋分野色，移石動雲根」之意。明・楊愼《升菴詩話》即以周賀詩學賈島。〔註 118〕另外，清・李懷民《重訂中晚唐詩主客圖》亦將周賀列爲「清眞僻苦」派賈島門下之「入室」者。二人交誼見於詩篇，有二首。

其一〈出關寄賈島〉，詩云：

舊鄉無子孫，誰共老青門？迢遞早秋路，別離深夜村。

伊流偕行客，岳響答啼猿。〔註 119〕去後期招隱，何當復此言？

「青門」爲漢長安城東南門，本名霸城門，因其門色青，故俗呼爲「青門」或「青城門」，此指京城。「伊流」二句之「伊」指伊水，在河南省西部，源出欒川縣伏牛山北麓，往東北流，在偃師縣楊村附近入洛河。「岳」指嵩山，「響」是回聲。「期」即希望、企求。「招隱」指招人歸隱。「何當」猶何妨、何如。此詩首聯二句爲設問法中之懸問句。「迢遞」二句，「早秋」和「深夜」同屬時令，對比強烈。整首詩用「舊」、「無」、「老」、「秋」、「別」、「離」等字眼，充滿傷懷之感。描述周賀了無牽掛出關遠遊，何以期望招隱。

其二〈出關後寄賈島〉詩云：

〔註 115〕 同註 19，冊四，第 117 頁。

〔註 116〕 同註 1，瀛奎律髓，集部三○五，第 1366-97 頁。

〔註 117〕 此《全唐詩》詩題爲〈春喜友人至山舍〉。

〔註 118〕 同註 1，升菴集，集部二○九，第 127-578 頁。

〔註 119〕 《周賀詩集》爲「伊流背遠客，岳響荅啼猿。」「背」乃用脊背馱。「荅」猶當、對，後作「答」。

故國知何處？西風已度關。歸人值落葉，遠路入寒山。

多難喜相識，久貧寧自閒。唯將往來信，遙慰別離顏。

「關」是指潼關，故址在今陝西省潼關縣東南，地處陝西、山西、河南三省要衝，素稱險要。「故國」即爲故鄉。首句爲設問法中之提問句。此詩用「西風」、「歸人」、「落葉」、「遠路」、「寒山」等詞彙，顯示關外景象荒涼，路途遙不可及。「多難」二句，表達出安貧樂道。末聯二句，想藉由此書信，讓在關內賈島能知其平安。

三、朱慶餘（生卒年不詳）

朱慶餘，名可久，以字行，排行大。越州（今浙江紹興）人。受知於張籍，登寶歷二年（826）進士第，授秘書省校書郎。曾客游邊塞，仕途不甚得意。與張籍、賈島、姚合、顧非熊、僧無可等交游。〔註120〕《全唐詩》卷五一四至五一五錄其詩二卷，計一百一十七首。

周賀與朱慶餘交誼深厚，還曾一起共遊，其交遊詩篇有三首。其一〈贈朱慶餘校書〉，詩云：

風泉盡結冰，寒夢徹西陵。越信楚城得，遠懷中夜興。

樹停沙島鶴，茶會石橋僧。寺閣連官舍，行吟過幾層。

「校書」爲古代掌校理典籍的官員。「寒夢」即寒夜的夢。「徹」指達、到。「西陵」渡口名，在今浙江省蕭山市西興鎮。「遠懷」乃遠大的抱負。「中夜」爲半夜。「沙島」即沙石積成的島嶼。「行吟」即邊走邊吟詠。此詩前二聯描寫在冬夜，周賀收到來自朱慶餘的書信，引發其理想抱負，後二聯描寫朱慶餘所期望的生活。

其二〈同朱慶餘宿翊西上人房〉詩云：

溪僧還共謁，相與坐寒天。屋雪凌高燭，山茶稱遠泉。

夜清更徹寺，空闊雁衝煙。莫怪多時話，重來又隔年。

「謁」即晉見、拜見。「相與」指共同、一道。此首詩爲周賀和朱慶餘一同拜見翊西上人，夜裡一起聊天、喝茶之作。

〔註120〕同註19，冊三，第1193頁。

其三〈送朱慶餘〉詩云：

野客行無定，全家在浦東。〔註121〕寄眠僧閣靜，贈別橐金空。
舊里千山隔，歸舟百計同。藥資如有分，相約老吳中。

「野客」乃村野之人，多指隱逸者，此是周賀謙稱。「浦」即水邊、河岸。「僧閣」爲寺院樓閣。「橐金」指囊中之金。「舊里」即故鄉。「百計」謂想盡或用盡一切辦法。「吳中」今江蘇吳縣一帶，亦泛指吳地。此首詩描寫周賀自己行蹤不定，此次送走朱慶餘後，回故鄉則路漫漫，期許下回見面可以在吳中。

四、厲　玄（生卒年不詳）

厲玄，婺州（今浙江金華）人。登大和二年（828）進士第。開成中，官至監察御史。歷員外郎、萬年令。大中六年（852）出爲睦州刺史，官終侍御史。〔註122〕《全唐詩》卷五一六錄其詩七首。

周賀與厲玄交情非淺，賀曾遠道拜訪之，有詩一首爲證，〈贈厲玄侍御〉〔註123〕詩云：

山松徑與瀑泉通，巾舄行吟想越中。塞雁去經華頂末，鄉僧來自海濤東。關分河漢秋鐘絕，露滴獮猴夜嶽空。抱疾因尋周柱史，杜陵寒葉落無窮。

「侍御」，唐代稱殿中侍御史、監察御史爲侍御。「巾舄」指頭巾和鞋。「越中」專指浙江紹興一帶。「塞雁」爲塞外的鴻雁，塞雁秋季南來，春季北去，故古人常以之作比，表示對遠離家鄉親人的懷念，此處則用指厲玄。「鄉僧」是周賀自稱謙詞。「河漢」乃黃河與漢水的並稱。「華」爲華山，在陝西省華陰市南。「周柱史」周之柱下史，唐代侍御史職位與其相當，故唐人亦用爲侍御史的代稱，此指厲玄。「杜陵」地名，在今陝西省西安市東南。此詩約寫於開成二、三年（837、838），周賀不辭千里抱疾尋訪在陝西任官之厲玄。

〔註121〕《周賀詩集》爲「相與坐中天」。「中天」猶參天、仰望高空。
〔註122〕同註19，冊三，第1212頁。
〔註123〕《周賀詩集》未見此詩。故厲玄與周賀是否有交集，已無詩爲證。

五、潘　緯（生卒年不詳）

潘緯，湘南人，登咸通（860～874）進士第。與何涓齊名。〔註124〕《全唐詩》卷六百錄其詩二首。

周賀與潘緯爲忘年交，二人相見恨晚，有交往詩一首，〈寄潘緯〉詩云：

> 楊柳垂絲與地連，歸來一醉向溪邊。相逢頭白莫惆悵，世上無人長少年。

「惆悵」因失意或失望而傷感、懊惱。「長」即長久、永久。「少年」古稱青年男子。此首詩前二句，是描寫潘緯年少輕狂之生活；後二句爲周賀贈送給潘緯之警語，令人印象深刻。

六、張又新（約795年～？）

張又新，字孔昭，深州陸澤（今河北深縣西）人。元和九年（814）進士及第，十二年登博學宏詞科，應辟爲淮南節度使從事。長慶間歷左、右補闕，附李逢吉，爲八關十六子之一。寶歷二年（826）遷祠部員外郎，出爲山南節度使行軍司馬。大和元年（827）貶汀州刺史，嗣後入爲主客郎中、刑部郎中。開成間貶溫州刺史，會昌二至四年任江州刺史，終左司郎中。擅文辭，工七絕。與李漢、李賀、趙嘏有往還。〔註125〕《全唐詩》卷四七九錄其詩十六首。

周賀與張又新交遊，僅存詩一首，其〈投江州張郎中〉詩云：

> 要地無閒日，仍容冒謁頻。借山年涉閏，寢郡月逾旬。
> 驛徑曾衝雪，方泉省滌塵。隨行溪路細，接話草堂新。
> 減藥痊餘癖，飛書苦問貧。噪蟬離宿殼，吟客寄秋身。〔註126〕
> 鍊句貽箱篋，懸圖見蜀岷。使君匡嶽近，終作社中人。

「江州」在今江西省九江市。「要地」指樞要地位、顯要地位。「閒日」是休閒的日子。「鍊句」爲推敲詞句，使之精煉。「使君」乃對州郡長

〔註124〕同註19，冊四，第363頁。
〔註125〕同註19，冊三，第831頁。
〔註126〕《周賀詩集》爲「吟石寄秋身」。

官尊稱。「匡嶽」指廬山。「社」爲集體性組織、團體，此指僧侶佛教徒結成之團體。首聯二句，可知其雖然十分忙碌，但還是抽空接見往來不絕前來求謁之人。中間六聯，描述張郎中官宦之餘的生活情景，運用「雪」、「塵」、「細」、「新」、「癖」、「貧」、「離」、「寄」等字，給人一種與外界隔絕、遠離塵囂的感受。整首詩用字嚴謹，可見周賀吟咏之用心。此首爲五言排律，約作於會昌二年（842），是周賀呈給張又新之作，當時張又新爲江州刺史。

七、李　億（生卒年不詳）

李億，字子安，大中（847～860）、咸通（860～874）時人，與溫庭筠、魚玄機等友善，官至補闕、員外。〔註 127〕

周賀與李億無法肯定是否有交集，而《全唐詩》亦收錄此詩於溫庭筠作品中，〈送李億東歸〉〔註 128〕詩云：

> 黃山遠隔秦樹，紫禁斜通渭城。別路青青柳發，前溪漠漠花生。和風澹蕩歸客，落日殷勤早鶯。灞上金樽未飲，讌歌已有餘聲。

「黃山」爲漢宮名，漢惠帝所建，在陝西省興平縣西南。「秦」是陝西省簡稱。「紫禁」古以紫微垣比喻皇帝的居處，因稱宮禁爲「紫禁」，指長安宮城。「渭城」即咸陽，在今陝西省咸陽東北二十里。「別路」離別的道路。「漠漠」乃茂盛、濃郁貌。「澹蕩」猶駘蕩，謂使人和暢，多形容春天的景物。「灞上」在陝西省西安市東、灞水西高原上。「金樽」指古代盛酒器之美稱。「讌歌」爲宴飲歌唱。首聯即對仗。中間二聯，周賀以美景預祝李億東歸一路順遂。「青青」與「漠漠」屬於疊字對。「澹蕩」與「殷勤」屬於雙聲對疊韻。此詩爲六言古詩，或是周賀送李億返東之作。

八、其　他

〔註 127〕同註 19，冊三，第 1036 頁。

〔註 128〕《周賀詩集》未見此詩。故李億與周賀是否有交集，已無詩爲證。

在周賀詩篇中，尚有許多有關和名臣胥吏之交遊詩篇，但其人之生平事蹟已不可考，如楊侍御〈寺居寄楊侍御〉、郭秀才〈送郭秀才歸金陵〉〔註 129〕、李明府〈寄寧海李明府〉、李主簿〈贈李主簿〉、韓評事〈送韓評事〉〔註 130〕等。一如〈寺居寄楊侍御〉詩云：

> 雨過北林空晚涼，院閒人去掩斜陽。十年多病度落葉，萬里亂愁生夜牀。終欲返耕甘性拙，久慚他事與身忙。還知謝客名先重，肯爲詩篇問楚狂。

「楊侍御」不可考。「謝客」指南朝宋謝靈運，靈運幼名客兒，此借指楊侍御。〈楚狂〉，《論語・微子》：〔註 131〕「楚狂接輿歌而過孔子曰：『鳳兮鳳兮，何德之衰！』」邢昺疏：「接輿，楚人，姓陸名通，字接輿也。」，後常用爲典，爲狂士通稱，此爲周賀自謙。首聯爲周賀描寫其寺居之情景。中間二聯描述楊侍御爲官多年，久病纏身、愁緒萬千，終於告病還鄉，卻因久居官場而拙於農事。末聯是寫其不恥下問，值得周賀讚揚，故贈此詩。又如〈送郭秀才歸金陵〉詩云：

> 夏後客堂黃葉多，又懷家國起悲歌。酒前欲別語難盡，雲際相思心若何？鳥下獨山秋寺磬，人隨大舸晚江波。南徐舊業幾時到，門掩殘陽積翠蘿。

「郭秀才」不可考。「秀才」唐初曾與明經、進士並設爲舉士科目，旋停廢，後爲唐宋間對應舉者之稱呼。「金陵」今南京市別稱。「舸」指大船。「南徐」爲今江蘇省鎮江市，周賀曾客居於此。「舊業」指舊時的園宅。前二聯爲周賀描述郭秀才因秋起興，又難以訴說其相思之心。後二聯爲周賀送其歸鄉，亦自萌思鄉之情。

貳、僧徒道士

周賀早年爲僧，故與僧徒道士往來密切，從觀察其交遊詩篇可略知一二。

〔註 129〕《周賀詩集》未見此詩。

〔註 130〕《周賀詩集》未見此詩。

〔註 131〕同註 1，論語注疏，經部一八九，第 195-697 頁。

一、皎然上人（720～805 年）

皎然，俗姓謝，字清晝，湖州長城（今浙江長興）人。初應舉人第，遂削髮出家，從靈隱寺守眞律師。大歷後，居於苕溪草堂、龍興寺、杼山妙喜寺等，與陸羽、顏眞卿、韋應物等酬唱。著作甚多。〔註 132〕《全唐詩》卷八一五至八二十錄其詩六卷，計五百零四首。

周賀與皎然上人，如據《增訂注釋全唐詩》的生卒年代約 720 至 794 年推論，應不會有交集。但據大陸學者徐文明〈唐代詩僧皎然的宗系和思想〉之考證判定，皎然上人生於開元八年（720），卒於永貞元年（805），二人或許會有交集。今存交遊詩篇一首，其〈贈皎然上人〉〔註 133〕詩云：

> 竹庭瓶水新，深稱北窗人。講罷見黃葉，詩成尋舊鄰。
> 錫陰迷坐石，池影露齋身。苦作南行約，勞生始問津。

「北窗人」，指陶潛，陶潛〈與子儼等疏〉云：「常言五六月中，北窗下臥，遇涼風暫至，自謂是羲皇上人。」，〔註 134〕自此北窗、羲皇人、羲皇上人，都暗指淵明。「錫」指錫杖。「迷」即布滿、遮掩。「齋身」爲沐浴淨身。「勞生」乃辛苦勞累的生活，《莊子・大宗師》曰：「夫大塊載我以形，勞我以生，佚我以老，息我以死。」〔註 135〕「問津」爲尋訪或探求。此首爲周賀寫皎然上人生活及與之道別之作。

二、柏巖禪師（756～815 年）

柏巖禪師，疑即百岩禪師，俗姓謝，名懷暉，泉州人，因常住太行百岩寺，門人稱百岩禪師。元和三年（808），應詔至長安，居章敬寺，每年入麟德殿講論，後以病辭。〔註 136〕

周賀早年曾與柏巖禪師至少有一面之緣，詳細情形不可考，今存

〔註 132〕同註 19，冊五，第 451 頁。

〔註 133〕〈贈皎然上人〉詩於《周賀詩集》題爲〈贈然上人〉。故皎然上人與然上人是否同爲一人，有待考證。

〔註 134〕同註 1，陶淵明集，集部二，第 1063-523 頁。

〔註 135〕同註 1，莊子注，子部三六二，第 1056-38 頁。

〔註 136〕同註 19，冊二，第 892 頁。

其交遊詩一首，其〈贈柏巖禪師〉〔註137〕詩云：

野寺絕依念，靈山會遍行。老來披衲重，病後讀經生。

乞食嫌村遠，尋溪愛路平。多年柏巖住，不記柏巖名。

「依念」指依靠。「靈山」爲印度佛教聖地靈鷲山的簡稱。「披衲」乃披僧衣。「生」即生疏。此首詩中間二聯爲周賀描寫柏巖禪師晚年身體不如從前，末聯敘述後人只記得柏巖寺有位柏巖禪師，卻不記得柏巖禪師之本名。

三、方　干（生卒年不詳）

方干，字雄飛，睦州桐盧（今屬浙江）人。幼有清才，爲徐凝所重，授以格律。文宗大和（827～835）中謁金州刺史姚合，合見其唇缺貌陋，初甚卑之。及讀其詩，大爲嘆賞。一舉進士不第，遂隱於會稽，漁於鏡湖。咸通（860～874）末，王龜爲浙東觀察使，稱賞其亢直，將荐之朝。會龜卒，事不就。〔註138〕干早歲偕計往來兩京，以卿好事者爭延納，名竟不入手，遂歸，無復榮辱之念。浙間凡有園林名勝，輒造主人，留題幾遍。初，李頻學干爲詩，頻及第，詩僧清越賀云：「弟子已折桂，先生猶灌園。」〔註139〕咸通末卒，門人私謚爲「玄英先生」。廣明、中和間，其詩名大著于江南。《全唐詩》卷六四八至六五三錄其詩六卷，計三百五十二首。

方干與周賀曾患難與共，交誼深厚，雖未見周賀寫給方干之詩篇，但卻在方干詩集中尋出彼此交遊之實，有〈滁上懷周賀〉詩云：

就枕忽不寐，孤懷興歎初。南譙收舊曆，上苑絕來書。

暝雪細聲積，晨鐘寒韻疏。侯門昔彈鋏，曾共食江魚。

「滁」爲地名，南朝梁立南譙州，隋廢州改爲清流縣，唐又改置滁州，民國元年（1912）改稱滁縣，今爲滁州市，在安徽省東部。「就

〔註137〕〈贈柏巖禪師〉詩於《周賀詩集》題爲〈栢巖禪師〉。

〔註138〕同註19，冊四，第789頁。

〔註139〕辛文房撰、周本淳校正：《唐才子傳校正》，台北：文津出版社，1988年三月出版，第227頁。

枕」猶就寢。「寐」指入睡。「興歎」即發生感嘆。「上苑」皇家的園林，借指長安城。「來書」爲來信。「侯門」指諸侯之門或顯貴人家。「彈鋏」乃彈擊劍把，鋏爲劍把，《戰國策・齊策四》〔註140〕載：「齊人有馮諼者，貧乏不能自存，使人屬孟嘗君，願寄食門下。……居有頃，倚柱彈其劍，歌曰：『長鋏歸來乎！食無魚。』左右以告。孟嘗君曰：『食之，比門下之客。』居有頃，復彈其鋏，歌曰：『長鋏歸來乎！出無車。』左右皆笑之，以告。孟嘗君曰：『爲之駕，比門下之車客。』」此謂處境窘困而又欲多所干求。頸聯二句對仗工整。「彈鋏」一詞乃用典。此首乃方干在滁州夜裡思念周賀，回想往日情誼之作。

四、其　他

在周賀詩中，尚有不少與之交遊之僧徒、道士，但不可考其生平事蹟，如胡僧〈贈胡僧〉、靈應禪師〈送靈應禪師〉〔註141〕、王道士〈玉芝觀王道士〉、神遘上人〈贈神遘上人〉、省己上人〈送省己上人歸太原〉〔註142〕、新頭陀〈寄新頭陀〉等。例如〈贈胡僧〉：

瘦形無血色，草履著行穿。閒話似持咒，不眠同坐禪。
背經來漢地，袒膊過冬天。情性人難會，遊方應信緣。

「胡僧」古代泛稱西域、北地或外來的僧人。「血色」指皮膚健康紅潤的顏色。「履」即鞋。「閒話」爲方言、話語。「持咒」乃念誦咒語。「坐禪」佛教語，謂靜坐息慮，凝心參究。「袒膊」爲袒露肩胛。「情性」指本性或性格。「遊方」謂僧人雲游四方。此詩描繪外來的僧人，形單影隻，獨自到中原弘揚佛法，此詩將其外貌及特殊修行方式刻畫得栩栩如生。

又如〈送靈應禪師〉詩云：

寒天仍遠去，離寺雪霏霏。古跡曾重到，生涯不暫歸。

〔註140〕同註1，戰國策，史部一六四，第406-312頁。
〔註141〕〈送靈應禪師〉詩於《周賀詩集》題爲〈送禪僧〉。
〔註142〕〈送省己上人歸太原〉詩於《周賀詩集》題爲〈送省巳上人歸太原〉。

坐禪山店暝，〔註 143〕補衲夜燈微。巡禮何時住？相逢的是稀。

「靈應禪師」已不可考，賈島有〈送靈應上人〉〔註 144〕詩一首，當爲同一人。「霏霏」指雨雪盛貌。「生涯」原謂生命有邊際、限度，後指生命、人生。「補衲」爲縫補、補綴之僧衣。「巡禮」指宗教徒參拜廟宇或聖地，參禪悟道。「住」指在一段時間裡從事某種活動，或指任住持。「的」即確實、準定。末聯使用設問法。此詩爲周賀與靈應禪師難得一同前往巡禮，並刻畫其沿途經歷之作。

參、隱逸高人

在周賀詩中，可看出有少數隱逸高士與之交遊，如耿山人〈送耿山人歸湖南〉、韓處士〈尋北岡韓處士〉、徐處士〈同徐處士秋懷少室舊居〉、隱者〈懷西峰隱者〉。例如〈送耿山人歸湖南〉，詩云：

南行隨越僧，別業幾池菱。兩鬢已垂白，五湖歸掛罾。

夜濤鳴柵鎖，寒葦露船燈。去此應無事，〔註 145〕卻來知不能。

「山人」，指隱居山中的士人。「菱」乃一年水生草本植物，水上葉棱形，葉柄上有浮囊，花白色，果實有硬殼，一般有角，俗稱菱角。「五湖」爲太湖及附近四湖。「罾」用木棍或竹竿做支架的方形魚網，形似仰傘。「柵」用竹、木、鐵條等圍成的阻攔物。「柵鎖」安裝在柵欄上的鎖。「卻來」指歸來。此詩爲周賀無事與耿山人一同歸南方，路上所聞所見之作。

又如〈尋北岡韓處士〉詩云：

相過值早涼，松帚掃山牀。坐石泉痕黑，登城蘚色黃。

逆風沉寺磬，初日曬鄰桑。幾處逢僧說，期來宿北岡。

「岡」即山脊、山嶺。「過」指來訪、前往拜訪。「蘚」爲苔蘚，隱花植物。「沉」沒入水中、沉沒，在此指風聲淹沒了磬聲。「磬」，古代

〔註 143〕《周賀詩集》爲「坐禪幽店暝」。

〔註 144〕賈島〈送靈應上人〉：「遍參尊宿遊方久，名岳奇峰問此公。五月半間看瀑布，青城山裡白雲中。」同註 19，冊四，第 158 頁。

〔註 145〕《周賀詩集》爲「此去已無事」。

打擊樂器，狀如曲尺，用玉、石或金屬製成，懸掛於架上，擊之而鳴。「僧」應指周賀。頷聯二句對仗工整。此首詩爲周賀幾度應韓處士邀請，特來北岡尋幽探訪之作。

第三章　周賀詩之題材類型

詩歌創作題材繁多，從內容觀察涵蓋層面甚為廣泛，舉凡人物動、靜態之活動均涵攝其內，包括交遊酬唱、抒情詠志、生活瑣事、山川風物、蟲魚鳥獸、民生疾苦、政教得失、歷史興亂，皆為作詩之題材。多數詩人都各有其特殊創作性質或偏好。探賾周賀詩歌內容，可將其題材分若干類別，有應酬詩、宗教詩、感懷詩、登臨詩等。據此四大性質再分幾項細目，應酬詩包括酬和、寄贈、送別、慶賀、哀悼；宗教詩包括佛教類、仙道類；感懷詩為感於懷人；登臨詩包括寫景、名勝、思鄉之作。如此擷選分類雖非周延，然大致上透過題材分類，對周賀詩作有較完整之認識，亦有所體會與助益。

第一節　應酬詩

唐朝詩人喜好遊宴酬唱，常常藉由交遊以聯絡感情，增進友誼，或干謁顯貴，或投謁，或薦用，或婚喪喜慶，或慰問，或贈答，或送別、尋訪、和韻、宴集、題詩等，因此應酬詩十分普遍。應酬詩常以「酬」、「投」、「贈」、「謝」、「和」、「上」、「與」、「示」、「獻」、「呈」等字樣為題。詩人之間往來應酬頻繁，自然交際十分廣泛，且應酬詩除了社交之實用性，也不乏出自肺腑之眞實情感作品，有時亦為生活之紀錄。

周賀交遊廣闊，故其酬和、寄贈、送別等詩作品豐富，幾乎占其詩作總數量的百分之五十四點八四，由此可反映當時文士唱和風氣之盛。略述於下：

壹、酬和、寄贈

凡是周賀詩中以「酬」、「上」、「投」、「同」、「寄」、「贈」等字爲標題之作，均屬「酬和寄贈」詩。周賀酬和寄贈詩共二十六首，約占所有題材之百分之二十七點九六。其中五律十三首，占酬和寄贈詩總數之百分之五十；七律十首，占百分之三十八點四六；五排律二首，占百分之七點六九；七絕僅一首，占百分之三點八四。由此可知，周賀以五律見長。此類詩作有〈酬吳之問見贈〉、〈上陝府姚中丞〉〔註1〕、〈投江州張郎中〉、〈同徐處士秋懷少室舊居〉、〈寄金陵僧〉、〈贈李主簿〉等。

酬和詩之產生，是社交應酬之需要，多少帶有實用目的，主要表現在藝術技巧上，較少涉及周賀個人情志與生活。如其〈酬吳之問見贈〉詩云：

> 已當鳴雁夜，多事不同居。故疾離城晚，秋霖見月疏。
> 趁風開靜戶，帶葉卷殘書。〔註2〕蕩槳期南去，荒園久廢鋤。

「酬」乃詩文贈答。「見贈」即贈送給我。「秋霖」爲秋日的淫雨。「殘書」謂未讀完的書。頸聯「趁風」二句，對仗工整，「開」和「卷」二字，有畫龍點睛之效，讓整首詩生動了起來。這首爲酬和詩，乃周賀酬謝吳之問贈物予他之作。

又如〈投江州張郎中〉詩云：

> 要地無閑日，仍容冒謁頻。借山年涉閏，寢郡月逾旬。
> 驛徑曾衝雪，方泉省滌塵。隨行溪路細，接話草堂新。
> 減藥痊餘癖，飛書苦問貧。噪蟬離宿殼，吟客寄秋身。
> 鍊句貽箱篋，懸圖見蜀岷。使君匡嶽近，終作社中人。

〔註1〕《周賀詩集》未見此詩。

〔註2〕《周賀詩集》爲「帶葉卷閑書」。「閑書」供人消遣的書，舊時常指經史典籍以外的野史、筆記等。

「投」有呈交、投合、迎合之意。整首詩大量運用意象字，令人目不暇給。這首酬和詩，是周賀呈給江州刺吏張又新之作。

寄贈詩亦作爲社交應酬、人際往來之用。在內容表現與情感抒發上，「寄」詩較「贈」詩流露更多周賀自身生活與情志。

又如〈寄金陵僧〉詩云：

> 水石致身閒自得，平雲竹閣少炎蒸。齋牀幾減供禽食，禪徑寒通照像燈。覓句當秋山落葉，臨書近臘硯生冰。行登總到諸山寺，坐聽蟬聲滿四稜。

「寄」乃托人遞送。「金陵」古邑名，本是南京市的別稱，但中、晚唐人常以指潤州，爲今江蘇省鎮江市。唐‧李紳《宿瓜州》詩云：「煙昏水郭津亭晚，迴望金陵若動搖。」〔註3〕此「金陵」即指潤州。這首寄贈詩描述僧人悠閒自得、無欲無求之生活情景，是寫給金陵僧，亦是周賀自己生活寫照。

又如〈贈李主簿〉詩云：

> 稅時兼主印，每日得閒稀。對酒妨料吏，〔註4〕爲官亦典衣。案遲吟坐待，宅近步行歸。見說論詩道，〔註5〕應愁判是非。

「主簿」爲官名，漢代中央及郡縣官署多置之，其職責爲主管文書，負責錢糧等事務。「主印」即掌印，指擔任官職。「典衣」乃典押衣服，另一意指典衣買酒。這首寄贈詩，是周賀送給李主簿之作。此詩栩栩如生刻畫李主簿爲官生活。

貳、送別、慶賀、哀悼

在周賀詩中以「送」爲題之詩作，著墨相當多，有〈長安送人〉、〈送郭秀才歸金陵〉〔註6〕、〈送李億東歸〉〔註7〕、〈送幻群法師〉

〔註3〕陳貽焮主編：《增訂注釋全唐詩》，陝西：文化藝術出版社，2001年第一版，冊三，第861頁。

〔註4〕《周賀詩集》爲「對酒妨科吏」。「科」乃等級。

〔註5〕《周賀詩集》爲「見説偏論道」。「論道」議論、闡明道理。

〔註6〕《周賀詩集》未見此詩。

〔註7〕《周賀詩集》未見此詩。

〔註 8〕、〈送僧〉、〈送表兄東南遊〉〔註 9〕等二十三首，約占全部的四分之一，數量相當龐大。

從送別詩中，可將送別對象之身分，大致區分為三種：

一、僧侶、道士

分定〈送分定歸靈夏〉、幻群法師〈送幻群法師〉、忍禪師〈送忍禪師歸廬嶽〉〔註 10〕、宗禪師〈送宗禪師〉、省己上人〈送省己上人歸太原〉、耿山人〈送耿山人歸湖南〉、蜀僧〈送蜀僧〉〔註 11〕、僧〈送僧〉、僧〈送僧還南岳〉、僧〈送僧歸江南〉、靈應禪師〈送靈應禪師〉〔註 12〕。

二、一般官吏

石協律〈送石協律歸吳〉、朱慶餘〈送朱慶餘〉、李億〈送李億東歸〉、張諲〈送張諲之睦州〉〔註 13〕、郭秀才〈送郭秀才歸金陵〉、陸判官〈送陸判官防秋〉〔註 14〕、韓評事〈送韓評事〉。

三、親戚、朋友

人〈長安送人〉、友人〈送友人〉、表兄〈送表兄東南遊〉、康紹〈送康紹歸建業〉、楊嶽〈送楊嶽歸巴陵〉。

由此可知周賀送別對象以方外人士最多，共十一首詩，占全部送別詩的百分之四十七點八三，這和其曾為浮屠有關。周賀情感流露，也依送別者之身分不同，而有不同表現手法；當對象是僧侶、道士時，會特別摹寫僧侶生活較不為人知的一面，情眞意切，雖是送別人，也是自身寫照。如〈送忍禪師歸廬嶽〉云：「浪匝湓城岳壁青，白頭僧去掃禪扃。龕燈度雪補殘衲，山日上軒看舊經。」又〈送靈應禪師〉云：

〔註 8〕〈送幻群法師〉詩於《周賀詩集》題為〈送幻法師〉。

〔註 9〕《周賀詩集》未見此詩。

〔註 10〕〈送忍禪師歸廬嶽〉詩於《周賀詩集》題為〈送廬岳僧〉。

〔註 11〕《周賀詩集》未見此詩。

〔註 12〕〈送靈應禪師〉詩於《周賀詩集》題為〈送禪僧〉。

〔註 13〕《周賀詩集》未見此詩。

〔註 14〕〈送陸判官防秋〉詩於《周賀詩集》題為〈送防秋人〉。

「坐禪山店暝，補衲夜燈微。」又〈送幻群法師〉云：「住久白髮出，講長枯葉深。香連鄰舍像，磬徹遠巢禽。」又〈送省己上人歸太原〉云：「寒僧迴絕塞，夕雪下窮冬。出定聞殘角，休兵見壞鋒。」當對象是一般官吏時，周賀會設想友人經過之路所見所聞，亦會描寫友人所嚮往的悠閒生活，〈送石協律歸吳〉云：「幕府罷來無藥價，紗巾帶去有山情。夜隨淨渚離蛩語，早過寒潮背井行。」又〈送李億東歸〉云：「別路青青柳發，前溪漠漠花生。和風澹蕩歸客，落日殷勤早鶯。」又〈送張謹之睦州〉云：「淺深看水石，來往逐雲山。到縣餘花在，過門五柳閒。」又〈送韓評事〉云：「罷官餘俸租田種，送客回舟載石歸。離岸游魚逢浪返，望巢寒鳥逆風飛。」

就送別對象前往之地點，可區分成二地：

一、江南之地

〈送石協律歸吳〉和〈送僧歸江南〉，二地幾乎重疊，吳指我國東南江蘇南部和浙江北部一帶，江南指長江以南的地區，後來多指今江蘇、安徽兩省的南部和浙江省一帶。〈送忍禪師歸廬嶽〉，廬嶽在江西省九江市南，聳立於鄱陽湖、長江之濱。〈送耿山人歸湖南〉、〈送楊嶽歸巴陵〉和〈送僧還南岳〉，均屬湖南，巴陵在今湖南岳陽，南岳指衡山，為五岳之一，位於湖南中部。〈送康紹歸建業〉和〈送郭秀才歸金陵〉，均指今江蘇南京。建業是三國吳都城，本名「建業」，晉元帝司馬睿都建業時，因避晉湣帝「司馬鄴」諱，改名「建康」。金陵為今南京市的別稱。〈送張謹之睦州〉，睦州為古州名。一在今浙江省桐廬、建德、淳安三縣地。另一地在今湖北長陽東。〈送表兄東南遊〉，東南泛指國家領域內的東南地區。大致說來送別對象多居住於江蘇、浙江以及江西、湖南等山明水秀、風光明媚之處。

二、關中之地

〈送分定歸靈夏〉，靈夏在唐靈州、夏州地區，轄今寧夏靈武、陝西橫山一帶。〈送省己上人歸太原〉，太原簡稱并，古稱晉陽，瀕臨汾河，三面環山，地處山西省中部。

送別詩二十三首，周賀以五律創作者十五首，占所有送別迎來詩總數之百分之六十五點二一，七律四首占百分之十七點三九，七絕三首占百分之十三點零四，六言古詩僅一首占百分之四點三五，充分顯示五律爲送別迎來主要創作體式。

祝賀宴集、悼輓追念之作，在周賀詩中爲數極少。宴集客會僅〈潯陽與孫郎中宴迴〉一首，詩云：

> 別酒已酣春漏前，他人扶上北歸船。潯陽渡口月未上，漁火照江仍獨眠。

「渡口」指過河的地方。「漁火」指漁船上的燈火。首聯二句，「春漏」是春日更漏，多指春夜，可見其賓主盡歡至春夜前才互相道別。「潯陽」二句，傍晚月亮雖然還沒出來，只有漁火映照著江面，四周皆以靜悄悄。此首是周賀至潯陽與長孫郎中宴罷返回所居之作。

哀輓傷逝亦僅〈哭閑霄上人〉一首，詩云：

> 林逕西風急，〔註15〕松枝講鈔餘。凍髭亡夜剃，遺偈病時書。
> 地燥焚身後，堂空著影初。弔來頻落淚，曾憶到吾廬。

「逕」乃步道、小路，即「徑」字。「講鈔」爲講誦與疏抄，指宣講經文的講義。「髭」嘴唇上邊的鬍子，泛指鬍鬚。「偈」即佛經中的唱頌詞。「影」指畫像。此首即是周賀投謁，姚合讀之大爲讚賞，命其還俗之詩。《唐摭言》卷十〔註16〕云：「（賈）島哭柏巖禪師詩籍甚。及賀賦一篇，與島不相上下。」此詩與賈島〈哭柏巖和尚〉：「苔覆石床新，師曾占幾春。寫留行道影，焚卻坐禪身。塔院關松雪，經房鎖隙塵。自嫌雙淚下，不是解空人。」二首皆有用「松」、「焚」、「身」、「影」、「空」、「淚」等字入詩，通篇用語、句意極爲相似，可見周賀有受賈島之影響。此爲閑霄上人亡故後，周賀參加喪禮，憶起往日情誼，有感而發之作。

〔註15〕《周賀詩集》爲「林遠西風急」。

〔註16〕清・永瑢、紀昀等纂修：《景印文淵閣四庫全書》，台北：臺灣商務印書館，1986年三月初版，，唐摭言，子部三四一，第1035-770頁。

第二節　宗教詩

中、晚唐社會佛道盛行，詩人依佛崇道，比比皆是。周賀早年爲僧，佛學根基深厚。又常與方外逸人往來，賦詩酬和，因此周賀常以佛道思想入詩。

壹、佛教類

在周賀詩友中，僧人相當多，又周賀本人對佛學認識深厚，所以寫了許多佛教詩，共十四首，其中屬於送別詩則多達十一首。如〈送幻群法師〉詩云：

北京一別後，吳楚幾聽砧。住久白髮出，講長枯葉深。

香連鄰舍像，磬徹遠巢禽。寂默應關道，何人見此心。

詩題之對象「幻群法師」已不可考。「北京」在唐代以太原爲北京。「吳楚」指長江中、下游一帶。「砧」爲搗衣聲。「寂默」即安靜、清靜。整首詩以「北京」二句破題，但實際順裝應爲「住久白髮出，講長枯葉深。香連鄰舍像，磬徹遠巢禽。北京一別後，吳楚幾聽砧。寂默應關道，何人見此心。」此寫出聽聞幻群法師之身教言行，如入芝蘭之室，但離開後，此景不復。又如〈如空上人移居大雲寺〉詩云：

竹溪人請住，何日向中峯。瓦舍山情少，齋身疾色濃。

夏高移坐次，菊淺露行蹤。來往湓城下，三年兩度逢。

「如空上人」已不可考。「移居」指遷居。「大雲寺」《舊唐書・則天皇后紀》卷六：[註17]「載初元年（689）秋七月，『令諸州各置大雲寺』。」，顧況有〈鄱陽大雲寺一公房〉[註18]詩一首，詩題「鄱陽」在今江西波陽縣。「疾色」指患病的臉色。「夏高」是夏臘已高。「坐次」爲座位的次序、位置。「湓城」本名「湓口」，是古城名，在今江西省九江市，唐初又改潯陽，爲沿江鎮守要地。此首詩將如空上人移

[註17] 同註16，舊唐書，史部二六，第268-109頁。

[註18] 同註3，冊二，第671頁。

居大雲寺的理由做簡單描述，道出三年兩度逢之因。周賀與僧徒往來密，交遊頻繁，此類詩作占全部的百分十五點零五。

貳、仙道類

周賀喜與方外人士往來，其中一部分爲道友，亦談神仙方術，共三首。其一如〈玉芝觀王道士〉詩云：

四面杉蘿合，空堂畫老仙。蟲根停雪水，曲角積茶煙。
道至心機盡，宵晴瑟韻全。暫來還又去，未得坐經年。

「杉蘿」指杉樹和女蘿，女蘿即松蘿，常大批懸垂高山針葉林枝幹間。「心機」指心思、計謀。「瑟韻」是瑟音。「經年」爲數年。首聯「四面」二句，描述玉芝觀所在之地理環境，及廳堂擺設。頸聯二句，「盡」與「全」，一無一有，對比鮮明。此詩將王道士熱衷神仙方術，刻畫得淋漓盡致。

其二如〈贈王道士〉〔註 19〕詩云：

藥力資蒼鬢，應非舊日身。一爲嵩嶽客，幾葬洛陽人。
石縫瓢探水，雲根斧斫薪。關西來往路，誰得水銀銀?

「雲根」指山石。「斫」用刀斧等砍或削。「關西」指函谷關或潼關以西的地區。「銀銀」爲閃光貌。尾聯使用設問法。

其三如〈贈道人〉詩云：

布褐高眠石竇春，迸泉多濺黑紗巾。搖頭說《易》當朝客，
落手圍棋對俗人。自算天年窮甲子，誰同雨夜守庚申？擬
歸太華何時去？他日相尋乞藥銀。

「迸泉」噴涌的泉水。「紗巾」爲紗製頭巾。「石竇」指石穴。「朝客」指朝中官員。「落手」即下子。「甲子」甲是天干之首，子是地支之首，古代以天干、地支遞次相配，如甲子、乙丑、丙寅之類，統稱甲子。「庚申」是庚申日，道教徒此日徹夜不眠，齋心澡身，收視叩齒，是道教一種修煉方法。「太華」即西岳華山，在陝西省華陰縣南。此詩

〔註 19〕《周賀詩集》未見此詩。

使用兩次設問法。此爲周賀巧遇道人，問其歸期，並贈詩之作。

第三節　感懷詩

凡個人生活中，因主、客觀因素之觸發而有所感、有所懷，皆屬「感懷詩」。詩人抒發情志，情貴眞摯，因此感懷詩重在情感之感召力。隨季節時序流轉，景物變化，對人之感情具有強烈引發作用。周賀多愁善感，善借景抒情，因而有懷鄉、懷友之作。一如〈秋思〉詩云：

楊柳已秋思，楚田仍刈禾。歸心病起切，敗葉夜來多。
細雨城蟬噪，殘陽嶠客過。舊山餘業在，杳隔洞庭波。

「楚」指長江中游，古屬楚國地區。「刈禾」指割稻。「嶠」爲高山。「餘業」指留傳下來的基業、功業。「杳隔」即遙遠阻隔。此爲周賀因「秋」起興，思鄉心切，觸景傷情之作。

又如〈懷西峰隱者〉詩云：

灌木藏岑色，天寒望即愁。高齋何日去，遠瀑入城流。
臘近溪書絕，燈殘夜雪稠。遖來相憶處，枕上苦吟休。

「岑」即山峰、山頂。「高齋」即高雅的書齋，常用作對他人屋舍的敬稱。「臘」指歲末。首聯「灌木」二句，描寫因景物和時令引發愁緒。「臘近」二句，「絕」與「稠」，一少一多，對比鮮明。末聯二句，寫出周賀之懷念，只有在其致力於苦吟時才會停止。

又如〈湘漢旅懷翁傑〉詩云：

一宿空江聽急流，仍同賈客坐歸舟。遠書來隔巴陵雨，衰鬢去經彭蠡秋。不擬爲身謀舊業，終期斷穀隱高丘。吾宗尚無慄慘者，〔註20〕中夜閒吟生旅愁。

「湘漢」湘水與漢水之並稱。「翁傑」，依《增訂注釋全唐詩》解釋姓周名杰，爲賀長輩者。「空江」浩瀚寂靜的江面。「賈客」指商人。「遠書」送往遠方或遠方送來的書信。「巴陵」舊縣名，在今湖南岳陽。「衰鬢」年老而疏白的鬢髮，多指暮年。「彭蠡」古澤藪名，即今江西鄱陽湖。「舊

〔註20〕《周賀詩集》爲「吾宗尚作無爲者」。

業」先人的事業。此爲周賀旅行至湘漢一帶，思念家中長輩之作。

第四節　登臨詩

《文心雕龍．明詩》有「感物吟志」〔註 21〕之句，說明詩歌是詩人心靈感受之呈現。登臨詩，是詩人在登臨賞田園、山水、宅居、寺觀、郡齋、亭閣等景緻時，對於人世間悲歡離合，或抒人世情懷，或懷思緬古，因感傷時事，而形之於篇什者。

壹、寫景之作

《文心雕龍．物色》云：「山林皋壤，實文思之奧府。」〔註 22〕自然景物對詩人創作靈感，啓極大之興發作用。周賀少時爲僧，遊歷各處，自然風物、山水美景，便成了他創作之素材，其輕描淡寫就能使景象逼眞，讓人有身歷其境之感。如〈杪秋登江樓〉詩云：

平楚起寒色，長沙猶未還。世情何處淡？湘水向人閒。
空翠隱高鳥，夕陽歸遠山。孤雲萬餘里，惆悵洞庭間。

「杪秋」指晚秋。「平楚」猶平野。「寒色」爲寒氣。「長沙」在今湖南省。「世情」即世俗之情。「空翠」指碧空、蒼天。「惆悵」因失意或失望而傷感、懊惱。這首是周賀借景抒情，將登江樓所見之景，其中有「湘水」、「空翠」、「高鳥」、「夕陽」、「遠山」、「孤雲」、「洞庭」等，乃用詩記錄下來，讓人彷彿也如同置身江樓，是詩中有畫之佳作。

貳、名勝之作

登臨名勝之作，是指詩人在遊歷寺觀、郡齋、亭閣等特定建築時，會將其過程、景物轉變、或遊歷心情做較詳細交代，讓讀者彷彿置身其中。如〈入靜隱寺途中作〉詩云：

亂雲迷遠寺，入路認青松。鳥道緣巢影，僧鞋印雪蹤。

〔註 21〕劉勰著，周振甫注：《文心雕龍注釋》，台北：里仁書局，1984 年五月二十日，第 83 頁。
〔註 22〕同註 21，第 86 頁。

草煙連野燒，溪霧隔霜鐘。更遇樵人問，猶言過數峰。

「亂雲」指紛亂的雲。「青松」爲蒼翠的松樹。首聯二句，指山中雲霧瀰漫，看不見遠端之靜隱寺。想要進去，得在路上認記蒼翠的松樹爲路標。中間二聯，描寫沿途所見所聽之人、物。由末聯二句可知，周賀向樵夫問路後，發現還必須走過好幾個山峰，才能夠到達靜隱寺。此首爲周賀要去靜隱寺路上所作之詩。

又如〈早秋過郭涯書堂〉，詩云：

暑消岡舍清，閒語有餘情。澗水生茶味，松風滅扇聲。〔註 23〕

遠分臨海雨，靜覺掩山城。此地秋吟苦，時來繞菊行。

「岡」指山脊、山嶺。「澗」即兩山間的水溝。此首詩給人一種清幽宜人、閒適自在的感覺，周賀將郭涯書堂描繪成遠離塵囂的世外桃源，讓人忍不住想一探究竟。

又如〈題何氏池亭〉〔註 24〕詩云：

信是虛閒地，亭高亦有苔。繞池逢石坐，穿竹引山回。

果落纖萍散，龜行細草開。主人偏好事，終不厭頻來。

「信」即果眞，確實。「虛閒」指清閑。「苔」植物名，屬隱花植物類，根、莖、葉區別不明顯，有青、綠、紫等色，多生於陰濕地方，延貼地面，故亦叫地衣。「好事」乃愛興事端、喜歡多事。首聯二句，是稱讚何氏池亭是個好地方。中間二聯，對仗工整。「繞池」二句，自然流暢，引人入勝。「果落」二句，將觀察自然生態融入詩中，貼切生動。末聯二句，寫出池亭的主人亦流連忘反、樂不思蜀。

參、思鄉之作

杜甫〈月夜憶舍弟〉云：「月是故鄉明。」〔註 25〕詩人或因戰亂流離，或因求取功名，遠離故園，飽受獨處異鄉之寂寞，登臨望遠，

〔註 23〕《周賀詩集》爲「暑銷崗舍清，閑語有餘情。石水生茶味，松風喊扇聲。」

〔註 24〕《周賀詩集》未見此詩。

〔註 25〕同註 3，冊二，第 195 頁。

不見故鄉，不免產生思愁，發爲吟詠。此類詩作有〈冬日山居思鄉〉、〈憶潯陽舊居兼感長孫郎中〉〔註 26〕、〈同徐處士秋懷少室舊居〉、〈旅情〉、〈旅懷〉等。例如〈冬日山居思鄉〉詩云：

> 大野始嚴凝，雲天曉色澄。樹寒稀宿鳥，山迴少來僧。
> 背日收窗雪，開爐釋硯冰。忽然歸故國，孤想寓西陵。

「嚴凝」猶寒冷。「迴」爲遙遠、僻遠。「釋」指融化。「西陵」渡口名，在今浙江省蕭山市西興鎮。末聯二句應是倒裝句，順裝爲「孤想寓西陵，忽然歸故國。」此首爲周賀在天寒地凍中，思念故鄉之作。

又如〈旅情〉詩云：

> 黃葉下階頻，徐徐起病身。殘秋螢出盡，獨夜雁來新。
> 別業去千里，舊鄉空四鄰。孤舟尋幾度，又識岳陽人。

「徐徐」爲遲緩、緩慢。「別業」指別墅，在此指家鄉。「去」即離去。「空」乃徒然。「岳陽」在今湖南省。「殘秋」二句，用語新奇。此爲周賀離開故鄉，身處異地，因病思鄉之作。

又如〈旅懷〉詩云：

> 不覺月又盡，未歸還到春。雪通廬岳夢，樹匝草堂身。
> 澤雁和寒露，江槎帶遠薪。何年自此去，舊國復爲鄰。

「廬岳」指廬山。「匝」即環繞、圍繞。「草堂」爲茅草蓋的堂屋。「澤」乃水草叢雜之地。「和」，融和在一起。「江槎」江中的木筏，多指江船。「舊國」即故鄉。此首爲周賀描寫夢迴舊居，及其所想見之景物，乃思念故居之作。

〔註 26〕《周賀詩集》未見此詩。

第四章　周賀詩之寫作風格

詩是內容要和寫作風格相組合。一首好詩不僅要有豐富之思想內容，還要有巧妙之寫作風格。好的寫作風格可以彰顯詩人之獨特審美觀，而非流於逞能，以形式取勝。周賀在寫作風格上有其特別用心之處，主要表現在聲律用韻、意象塑造與特色、藝術風格上，以下依序分成三節予以說明。

第一節　聲律用韻

《虞書・堯典》：「詩言志，歌永言，聲依永，律和聲。」〔註1〕此說明志、言、聲、律四者，為組成詩之要素。唐人作詩，講求音韻諧暢、對偶天成。

近體詩無論是絕句、律詩、排律，在聲律上平仄、用韻、對偶均有嚴格規定；平仄一般講求一三五不論，二四六分明；用韻不僅押韻位置固定，且必須一韻到底，不許鄰韻通押或換韻、轉韻，且以押平聲韻為主。通常單數句末不押韻，為仄聲字，雙數句末為押韻位置，五言詩以首句不入韻為正格，七言詩則相反。

〔註1〕清・永瑢、紀昀等纂修：《景印文淵閣四庫全書》，台北：臺灣商務印書館，1986年三月初版，尚書注疏，經部五四，第54-70頁。

依《全唐詩》卷五百零三統計周賀詩歌體裁情形：六言古詩一首，七言絕句八首，五言律詩六十二首，七言律詩二十首，五言排律二首。筆者據《增廣詩韻集成》分析周賀用韻情形如下：

壹、平起式用韻情形

一首詩屬於平起式或仄起式，以該詩第一句第二字判定。若該字爲平聲，則屬於平起式。若該字爲仄聲，則爲仄起式。

一、首句入韻

（一）七言絕句

〈送宗禪師〉爲上平十一真韻，韻腳：春、人、身。

（二）五言律詩

〈贈皎然上人〉爲上平十一真韻，韻腳：新、人、鄰、身、津。

〈春日山居寄友人〉爲上平十三元韻，韻腳：喧、村、猿、繁、言。

〈出關寄賈島〉爲上平十三元韻，韻腳：孫、門、村、猿、言。

〈早秋過郭涯書堂〉爲下平八庚韻，韻腳：清、情、聲、城、行。

〈送友人〉爲下平八庚韻，韻腳：情、行、鳴、聲、生。

〈送耿山人歸湖南〉爲下平十蒸韻，韻腳：僧、菱、罾、燈、能。

〈贈朱慶餘校書〉爲下平十蒸韻，韻腳：冰、凌、興、僧、層。

（三）七言律詩

〈贈厲玄侍御〉爲上平一東韻，韻腳：通、中、東、空、窮。

〈上陝府姚中丞〉爲上平六魚韻，韻腳：魚、書、疏、餘、居。

〈送石協律歸吳〉爲下平八庚韻，韻腳：耕、程、情、行、生。

二、首句不入韻

（一）七言絕句

〈憶潯陽舊居兼感長孫郎中〉爲上平十二文韻，韻腳：君、聞。

〈過僧竹院〉爲下平十蒸韻，韻腳：能、燈。

（二）五言律詩

〈入靜隱寺途中作〉爲上平二冬韻，韻腳：松、蹤、鐘、峰。

〈如空上人移居大雲寺〉爲上平二冬韻，韻腳：峯、濃、蹤、逢。

〈送分定歸靈夏〉爲上平五微韻，韻腳：稀、歸、飛、衣。

〈送靈應禪師〉爲上平五微韻，韻腳：霏、歸、微、稀。

〈贈李主簿〉爲上平五微韻，韻腳：稀、衣、歸、非。

〈酬吳之問見贈〉爲上平六魚韻，韻腳：居、疏、書、鋤。

〈早春越中留故人〉爲上平十灰韻，韻腳：迴、開、來、臺。

〈春喜友人至山舍〉爲上平十灰韻，韻腳：開、來、迴、催。

〈宿李樞書齋〉爲上平十灰韻，韻腳：埃、來、開、迴。

〈再過王輅原居納涼〉爲上平十二文韻，韻腳：分、聞、雲、君。

〈出關後寄賈島〉爲上平十五刪韻，韻腳：關、山、閒、顏。

〈同朱慶餘宿翊西上人房〉爲下平一先韻，韻腳：天、泉、煙、年。

〈贈胡僧〉爲下平一先韻，韻腳：穿、禪、天、緣。

〈休糧僧〉爲下平七陽韻，韻腳：糧、堂、方、房。

〈留別南徐故人〉爲下平八庚韻，韻腳：程、情、明、行。

〈送僧還南岳〉爲下平八庚韻，韻腳：聲、城、清、行。

〈相次尋舉客寄住人〉爲下平四豪韻，韻腳：濤、勞、高、曹。

〈春日重到王依村居〉爲下平五歌韻，韻腳：過、禾、柯、何。

〈送康紹歸建業〉爲下平五歌韻，韻腳：何、多、過、波。

〈秋宿洞庭〉爲下平十一尤韻，韻腳：愁、秋、洲、鷗。

〈山居秋思〉爲下平十二侵韻，韻腳：岑、深、陰、吟。

〈留辭杭州姚合郎中〉爲下平十二侵韻，韻腳：尋、霖、深、心。

〈送幻群法師〉爲下平十二侵韻，韻腳：砧、深、禽、心。

〈宿開元寺樓〉爲下平十二侵韻，韻腳：心、深、音、尋。

（三）七言律詩

〈同徐處士秋懷少室舊居〉爲上平十灰韻，韻腳：回、雷、來、裁。

周賀平起式之詩中，首句入韻之七言絕句有一首、五言律詩有七首、七言律詩有三首，首句不入韻之七言絕句有二首、五言律詩有二十四首、七言律詩有一首。

貳、仄起式用韻情形

一、首句入韻

（一）七言絕句

〈送僧〉爲下平一先韻，韻腳：船、泉、蟬。

〈寄潘緯〉爲下平一先韻，韻腳：連、邊、年。

〈潯陽與孫郎中宴迴〉爲下平一先韻，韻腳：前、船、眠。

（二）五言律詩

〈旅情〉爲上平十一眞韻，韻腳：頻、身、新、鄰、人。

〈冬日山居思鄉〉爲下平十蒸韻，韻腳：凝、澄、僧、冰、陵。

〈送表兄東南遊〉爲下平十蒸韻，韻腳：層、登、僧、陵、興。

〈尋北岡韓處士〉爲下平七陽韻，韻腳：涼、牀、黃、桑、岡。

（三）七言律詩

〈秋晚歸廬山留別道友〉爲上平五微韻，韻腳：微、衣、歸、扉、機。

〈贈姚合郎中〉爲上平十一眞韻，韻腳：臣、貧、新、身、人。

〈贈道人〉爲上平十一眞韻，韻腳：春、巾、人、申、銀。

〈贈神遘上人〉爲上平十三元韻，韻腳：存、孫、痕、門、根。

〈重陽〉爲下平一先韻，韻腳：川、前、年、泉、天。

〈送郭秀才歸金陵〉爲下平五歌韻，韻腳：多、歌、何、波、蘿。

〈寺居寄楊侍御〉爲下平七陽韻，韻腳：涼、陽、牀、忙、狂。

〈晚題江館〉爲下平八庚韻，韻腳：城、鳴、行、聲、平。

〈送忍禪師歸廬嶽〉爲下平九青韻，韻腳：青、扃、經、腥、庭。

〈湘漢旅懷翁傑〉爲下平十一尤韻，韻腳：流、舟、秋、丘、愁。

二、首句不入韻

（一）七言絕句

〈宿李主簿〉爲下平五歌韻，韻腳：多、窠。

〈送蜀僧〉爲下平十三覃韻，韻腳：龕、南。

（二）五言律詩

〈送朱慶餘〉爲上平一東韻，韻腳：東、空、同、中。

〈送省己上人歸太原〉爲上平二冬韻，韻腳：重、冬、鋒、松。

〈書實上人房〉爲上平四支韻，韻腳：師、枝、遲、期。

〈與崔弇話別〉爲上平四支韻，韻腳：遲、衰、期、髭。

〈哭閑霄上人〉爲上平六魚韻，韻腳：餘、書、初、廬。

〈春日重至南徐舊居〉爲上平十灰韻，韻腳：來、開、迴、哉。

〈逢播公〉爲上平十灰韻，韻腳：來、灰、迴、台。

〈題何氏池亭〉爲上平十灰韻，韻腳：苔、回、開、來。

〈長安送人〉爲上平十一眞韻，韻腳：濱、人、春、巾。

〈旅懷〉爲上平十一眞韻，韻腳：春、身、薪、鄰。

〈暮冬長安旅舍〉爲上平十一眞韻，韻腳：頻、人、身、春。

〈贈王道士〉爲上平十一眞韻，韻腳：身、人、薪、銀。

〈送陸判官防秋〉爲上平十二文韻，韻腳：軍、曛、聞、雲。

〈送僧歸江南〉爲上平十二文韻，韻腳：分、雲、墳、聞。

〈題書公院〉爲上平十四寒韻，韻腳：寒、乾、端、看。

〈杪秋登江樓〉爲上平十五刪韻，韻腳：還、閒、山、間。

〈送張諲之睦州〉爲上平十五刪韻，韻腳：還、山、閒、間。

〈玉芝觀王道士〉爲下平一先韻，韻腳：仙、煙、全、年。

〈京口贈崔固〉爲下平一先韻，韻腳：泉、蟬、田、年。

〈送楊嶽歸巴陵〉爲下平一先韻，韻腳：天、船、煙、年。

〈宿甄山南溪書公院〉爲下平一先韻，韻腳：年、禪、泉、邊。

〈寄姚合郎中〉爲下平四豪韻，韻腳：曹、高、濤、騷。

〈秋思〉爲下平五歌韻，韻腳：禾、多、過、波。

〈贈柏巖禪師〉爲下平八庚韻，韻腳：行、生、平、名。

〈懷西峰隱者〉爲下平十一尤韻，韻腳：愁、流、稠、休。

〈城中秋作〉爲下平十二侵韻，韻腳：心、霖、吟、禽。

〈緱氏韋明府廳〉爲下平十二侵韻，韻腳：心、陰、岑、吟。

（三）七言律詩

〈送韓評事〉爲上平五微韻，韻腳：依、歸、飛、微。

〈贈僧〉爲上平十一眞韻，韻腳：新、人、身、鄰。

〈寄韓司兵〉爲上平十二文韻，韻腳：君、雲、墳、軍。

〈宿隱靜寺上人〉爲上平十二文韻，韻腳：分、雲、文、濆。

〈寄新頭陀〉爲下平一先韻，韻腳：邊、年、禪、然。

〈寄金陵僧〉爲下平十蒸韻，韻腳：蒸、燈、冰、稜。

（四）五言排律

〈投江州張郎中〉爲上平十一眞韻，韻腳：蘋、旬、塵、新、貧、身、岷、人。

〈寄寧海李明府〉爲下平八庚韻，韻腳：清、京、成、耕、情、呈、行、生。

周賀仄起式之詩中，首句入韻之七言絕句有三首、五言律詩有四首、七言律詩有十首，首句不入韻之七言絕句有二首、五言律詩有二十七首、七言律詩有六首、五言排律有二首。

參、其他用韻情形

（一）六言古詩

〈送李億東歸〉爲下平八庚韻，韻腳：城、生、鶯、聲。

由周賀九十三首詩用韻情形來看，不論是近體律絕和六古之用韻，皆嚴守規定、合乎標準，實屬用韻中規中矩之詩人。六言古詩僅有一首爲隔句入韻。七言絕句以首句入韻爲正格，有四首，占七絕之百分之五十。五言律詩以首句不入韻爲正格，有五十一首，占五律之百分之八十二點二六。七言律詩以首句入韻爲正格，有十三首，占七律之百分之六十五。五言排律以首句不入韻爲正格，共二首，占五排之百分之百。

周賀詩押韻情形，分成在上平聲與下平聲兩部分；上平聲十五個韻目，用了十一個。下平聲十五個韻目，用了十個。其分布情形如下：

上平一東韻：近體詩二首。

上平二冬韻：近體詩三首。

上平四支韻：近體詩二首。

上平五微韻：近體詩五首。

上平六魚韻：近體詩三首。

上平十灰韻：近體詩七首。

上平十一眞韻：近體詩十一首。

上平十二文韻：近體詩六首。

上平十三元韻：近體詩三首。

上平十四寒韻：近體詩一首。

上平十五刪韻：近體詩三首。

下平一先韻：近體詩十一首。

下平四豪韻：近體詩二首。

下平五歌韻：近體詩五首。

下平七陽韻：近體詩三首。

下平八庚韻：近體詩八首，古體詩一首，計九首。

下平九青韻：近體詩一首。

下平十蒸韻：近體詩六首。

下平十一尤韻：近體詩三首。

下平十二侵韻：近體詩六首。

下平十三覃韻：近體詩一首。

若依寬韻〔註2〕、中韻〔註3〕、窄韻〔註4〕、險韻〔註5〕區分，周

〔註 2〕寬韻——韻書中字數多的韻部。字多之韻，一般而言，在字數一百五十字以上的韻稱爲寬韻，如支韻多達四五五字、虞韻三〇四字、陽韻二七〇字、尤韻二四七字、先韻二三一字、庚韻一八八字、東韻一

賀使用寬韻之東韻、支韻、眞韻、先韻、陽韻、庚韻、尤韻近體詩有四十首，古體詩一首；使用中韻之冬韻、魚韻、灰韻、元韻、寒韻、豪韻、歌韻、侵韻近體詩有三十首；使用窄韻之微韻、文韻、刪韻、青韻、蒸韻、覃韻近體詩有三十二首。從以上用韻情形觀之，周賀以使用寬韻較多，窄韻和中韻次之。

圖一：《全唐詩》周賀詩體裁分析

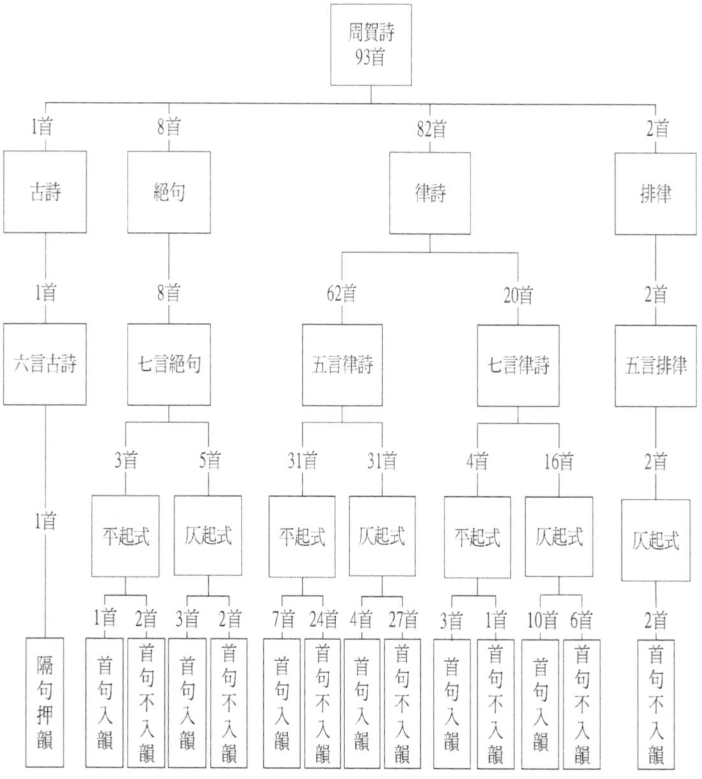

- 周賀詩 93首
  - 1首 古詩
    - 1首 六言古詩
      - 1首 隔句押韻
  - 8首 絕句
    - 8首 七言絕句
      - 3首 平起式
        - 1首 首句入韻
        - 2首 首句不入韻
      - 5首 仄起式
        - 3首 首句入韻
        - 2首 首句不入韻
  - 82首 律詩
    - 62首 五言律詩
      - 31首 平起式
        - 7首 首句入韻
        - 24首 首句不入韻
      - 31首 仄起式
        - 4首 首句入韻
        - 27首 首句不入韻
    - 20首 七言律詩
      - 4首 平起式
        - 3首 首句入韻
        - 1首 首句不入韻
      - 16首 仄起式
        - 10首 首句入韻
        - 6首 首句不入韻
  - 2首 排律
    - 2首 五言排律
      - 2首 仄起式
        - 2首 首句不入韻

七四字，支虞陽尤先庚東等皆爲寬韻。

〔註 3〕中韻——介於寬韻與窄韻之間，如元、寒、魚、蕭、侵、冬、灰、齊、歌、麻、豪等韻。參考張夢機著：《古典詩的形式結構》，台北：尚友出版社，1981 年 12 月初版，第 49 頁。

〔註 4〕窄韻——與"寬韻"相對，詩韻中字數較少的韻部，如微、文、刪、青、蒸、覃、鹽等韻。

〔註 5〕險韻——險僻難押的詩韻，如江、肴、咸、佳等韻。

第二節　意象塑造與特色

劉勰《文心雕龍・神思》曰：「燭照之匠，窺意象而運斤。」〔註6〕意象是客觀外物經由作者內心觀照、運思、處理情景交融後所呈現、引生出來之藝術化現象、形象。黃永武先生云：「意象是作者的意識與外界的物象相交會，經過觀察、審思與美的釀造，成為有意境的景象。」〔註7〕更進一步指出：「詩是注重傳神的表現與生氣的躍動，所描寫的文字愈具體愈真切，形象更愈突出；所描繪的意象愈具活動力，在讀者潛在經驗世界中喚起的共鳴也便愈強烈。」〔註8〕由詩人心靈攝受真實景物，自然而然抒發真性情之意象所塑造出來的，一定可以讓人心領神會、感動萬分。

壹、意象類別

周賀詩中所選用之意象種類繁多，涵蓋面廣，大抵可分成八大類、十六小類，臚列如下：

一、天文時令

天文意象：風、雨、雲、日、月、雪、天、霜、煙、露、冰、霧、雷、電……。

時令意象：夜、秋、春、夕、夏、冬、春日、朝、暮、曉、冬日、重陽、暮冬……。

二、地理宮室

地理意象：山、水、泉、路、地、嶽、波、池、溪、潮、海、沙、江、瀑、岳、峰、峯、島、川、河、湖、浪、濤、澗、井、田、岸、潭、塘、土……。

〔註6〕劉勰著，周振甫注：《文心雕龍注釋》，台北：里仁書局，1984年五月二十日，第515頁。

〔註7〕黃永武：《中國詩學・設計篇》，台北市：巨流圖書，1996年5月一版十一印，第3頁。

〔註8〕同註7，第3頁。

宮室意象：城、寺、門、堂、閣、徑、壁、園、廊、臺、郡、窗、宅、屋、村、齋、軒、階、簷、院、驛、戶、庭、家、壇、牆、壘、觀、橋、樓……。

三、文事武備

文事意象：書、詩、硯……。

武備意象：劍、兵、戈、壘、斧……。

四、人物形體

人物意象：人、僧、客、君、兄弟、仙、上人、禪師、法師、道士、道友、道人、中丞、郎中、秀才、侍卿、主簿、判官、評事、山人、野客、處士、隱者……。

形體意象：心、眠、鬢、面、髮、口、手、足、目、齒、髆……。

五、器用飲食

器用意象：石、燈、鐘、船、磬、舟、燭、枕、帆、衣、麻衣、鞋、瓶、扇、杖、帳、琴、砧、印、棋、鋤、玉、紗巾……。

飲食意象：茶、酒、飯、火、薪……。

六、草木花卉

草木意象：葉、松、竹、草、樹、林、木、柳、禾、桑、蘆、薜蘿、栗、蔬、杉、柏、檀、葦、蘚、萍、桐、蒹葭、蒲……。

花卉意象：花、菊、杏、梅、茱萸……。

七、飛鳥走獸

飛鳥意象：鳥、雁、禽、鶯、鵲、鷗……。

走獸意象：猿、馬、鹿、犬、鼠、狸、獮猴……。

八、鱗介昆蟲

鱗介意象：魚、龜……。

昆蟲意象：蟬、蟲、螢、蛩……。

就所有意象分佈情形來看，其涵蓋範疇，上至天文，下至地理，旁及人事、器物，無所不包，各類比例除文事武備、飛鳥走獸和鱗介昆蟲外，多寡相當，豐富多樣。依各類出現較爲特殊之意象來觀察，其顯示意義，值得留心。在天文時令類中，時令之出現，顯示當時社會習尙，詩人往往藉此作感懷題材；地理宮室類呈現較多之意象，顯示詩人生活遊覽之頻繁；文事武備類之文事意象，與詩人生活息息相關；人物形體類之人物意象，幾乎遍及社會各個階層，可以看出詩人交遊廣闊；器用飲食類則是個人日常生活所見、所用、所食之物品，可以看出其生活情趣；草木花卉、飛鳥走獸和鱗介昆蟲之意象，可以以景託情，營造、烘託意境。由此可知，意象、題材、風格彼此間環環相扣，緊密相關。

若就個別意象來看，周賀詩中以「山」、「夜」、「人」、「客」、「水」、「秋」、「風」、「日」、「雨」、「雲」、「僧」、「城」、「月」、「空」、「泉」、「葉」、「寺」、「路」等意象最爲顯著，其出現次數之多寡，據筆者統計依次爲：

山：三十九次。

夜：三十四次。

人：三十二次。

客：二十七次。

水：二十三次。

秋：二十三次。

風：二十二次。

日：二十一次。

雨：二十一次。

雲：二十一次。

僧：二十次。

城：一十九次。

月：一十八次。

空：一十八次。

泉：一十八次。

葉：一十七次。

寺：一十六次。

高：一十五次。

路：一十五次。

這些遍佈在周賀詩中之意象，不斷重複出現，形成其詩獨特之風格；此外較常出現之意象，如：石與雪各出現一十四次，天、書與溪各一十三次，心、燈各一十二次，竹、松、春、草、鳥、禪與齋各一十一次，地、門、雁與嶽各十次等，顯示出周賀特殊之偏好與審美情趣。

貳、意象特色

由周賀整體意象之分佈，以及個別意象出現次數之多寡來看，是有作者鮮明之偏嗜傾向。「山」此意象出現多達三十九次，占所有詩作總數之百分之四十一點九四，幾乎是每二點三八首詩即有山之意象；又「夜」之意象多至三十四次，占所有詩作總數之百分之三十六點五六，幾乎是每二點七四首詩即出現夜之意象；「人」出現三十二次，占所有詩作總數之百分之三十四點四一，幾乎是每二點九一首詩就有人之意象；「客」出現二十七次，占所有詩作總數之百分之二十九點零三，幾乎是每三點四四首詩，即有客之意象；「水」和「秋」各出現二十三次，各占所有詩作總數之百分之二十四點七三，幾乎是每四點零四首詩即選用水或秋之意象；「風」出現二十二次，占所有詩作總數之百分之二十二點六六，幾乎是每四點二三首詩就選用風之意象；「日」、「雨」和「雲」各出現二十一次，占所有詩作總數之百分之二十二點五八，幾乎是每四點四三首詩即有日或雨或雲之意象；「僧」出現二十次，占所有詩作總數之百分之二十一點五一，幾乎是每四點六五首詩就有僧之意象。

由出現達二十次以上之山、夜、人、客、水、秋、風、日、雨、雲、僧幾個意象群之構成來看，山、夜、水、秋、風、日、雨、雲是描繪以山水素材爲作者主要之生活情境，山、水、客、僧則表現其個人情志生活。若就上舉意象在十五次以上之意象作一觀察，月、空、泉、葉、寺等意象合觀，正是個人恬淡清靜之生活寫照。總之，出現較多之意象群，其性質皆傾向「閒靜」之特點，且構成周賀詩風格之主要基調，是相當明顯的。

若就出現達十次以上、十五次以下這一意象群，如石、雪、天、書、溪、心、燈、竹、松、春、草、鳥、禪、齋、地、門、雁、嶽等情形來看，則以描繪寺院、山居、大自然之景爲主，其性質則有「清」之特點，且構成其詩風格另一種重要基調，是顯而易見的。

另外，有出現九次以上之其他意象，如夜、寒、落、病、疾、老、孤、獨、殘等字所形成之詞彙，此等有意識之大量運用，增添詩中陰冷色調，亦構成另一種風格的出現。

參、意象塑造

唐司空圖《詩品》云：「是有眞跡，如不可知。意象欲出，造化已奇。」〔註 9〕構想中之意象若未化爲文字，是無法知道的。因此意象必須透過詩人匠心獨運，才能化腐朽爲神奇。

詩是一種語言高度凝煉之藝術作品，它將作者情意內容融入到特定之形式、文學體裁中展現，倘若失去了語言作爲媒介，任何內容也無法表達出來。在人類思考的運作模式中，「形式」往往不單是被動地由主觀意識來決定，而完全依主觀思考來作自由選擇。〔註 10〕只是因爲慣性作用，反而使得形式限制了思考，易流於制式化，缺少了創新和突破。因此，從語言形式之創新，可以看出詩人駕馭文字能力之深淺厚薄，可以讓讀者有耳目一新之感受。

〔註 9〕祖保泉著：《司空圖詩品注釋及譯文》，台北：文馨山版社，1975 年月出版，第 48 頁。

〔註 10〕歐麗娟著：《杜詩意象論》，台北：里仁書局，1997 年 12 月 31 日初版，第 153 頁。

意象塑造是必須透過語言形式之安排、呈現，才能使讀者產生共鳴，故「大凡一首詩，能令意象逼真、栩栩欲動、玲瓏透徹、一層不隔，就是一首有神韻的好詩」。〔註 11〕

周賀詩在意象塑造上頗爲用心，尤其是五、七律中間二聯或排律有關自然景物之描摹方面，能富有新穎、獨具巧思之鮮明、具體意象，使人讀之別有一番滋味在心頭。如〈逢播公〉：

> 帶病希相見，西城早晚來。衲衣風壞帛，香印雨霑灰。
> 坐久鐘聲盡，談餘嶽影迴。卻思同宿夜，高枕說天台。

此首詩之頷聯兩句是用倒裝句法，順裝應爲「風壞衲衣帛，雨霑香印灰。」把名詞往前提，可以讓名詞「衲衣帛」、「香印灰」分割成二部分「衲衣」、「帛」、「香印」、「灰」，物象更爲鮮明、具體，使讀者直接感受到「衲衣」、「香印」因「風」、「雨」而「壞」、「霑」其「帛」、「灰」，非常生動的刻畫，若爲順裝則爲平淡無奇。頸聯二句將動詞「坐」、「談」置於副詞「久」、「餘」之前，亦有異曲同工之妙。如〈寄新頭陀〉：

> 見說北京尋祖後，瓶盂自挈繞窮邊。相逢竹塢晦暝夜，一別苕溪多少年。〔註 12〕遠洞省穿湖底過，斷崖曾向壁中禪。
> 青城不得師同住，坐想滄江憶浩然。〔註 13〕

此首詩之頷聯、頸聯四句亦是倒裝句法，順裝應是「竹塢相逢晦暝夜，苕溪一別多少年。」、「省穿遠洞過湖底，曾向斷崖禪壁中。」頷聯把「相逢」、「一別」放置在句首，可讓讀者強烈體會聚散離合之感受。頸聯將名詞「遠洞」、「斷崖」置於句首，彷彿身臨其境般，引生出在特定地點下呈顯出特有動作、做法。

這些倒裝句法在周賀詩中常常出現，其目的是突顯主要意象，詩人將自己感受到之重點，或是最先被察覺到之對象，提置於句前，然

〔註 11〕同註 7，第 3～4 頁。
〔註 12〕《周賀詩集》爲「一別苕溪多少年」。
〔註 13〕《周賀詩集》爲「青城不得師同往，坐想滄江意浩然。」

後才繼起各種錯綜之感知印象。

有時詩中會出現將名詞或名詞片語放於句前，中間沒有其他語法串聯，使其各自孤立並置，產生直接而具體之意象。如〈山居秋思〉：

一從雲水住，曾不下西岑。落木孤猿在，秋庭積霧深。

泉流通井脈，蟲響出牆陰。夜靜溪聲徹，寒燈尚獨吟。

此首詩之頷聯二句句首「落木」、「秋庭」，皆表所處所、空間之名詞，其與「孤猿」、「積霧」並列，中間雖無語法聯繫，卻可以延伸出在特定空間下特有之立體畫面景象，予人有親眼目睹之眞實感。如〈秋思〉：

楊柳已秋思，楚田仍刈禾。歸心病起切，敗葉夜來多。

細雨城蟬噪，殘陽嶠客過。舊山餘業在，杳隔洞庭波。

此首詩之頸聯二句，句首「細雨」、「殘陽」爲表時間之名詞片語，而「城蟬噪」與「嶠客過」皆爲主語與不及物動詞組成之正常句法，然將表時間之名詞置放於句首，與名詞片語之主語「城蟬」、「嶠客」並置，產生出在特定時間下之情景，清晰具體，且又鮮明。

凡詩中以富有人類動作、情感意志，來表達物象之生命動能者爲擬人化。自然界中包括生命與非生命之物，皆可透過詩人移情作用，達到「擬人」活潑生動之效果，而其意象則予人有生機無限之感。如〈早秋過郭涯書堂〉：

暑消岡舍清，閒語有餘情。澗水生茶味，松風滅扇聲。

遠分臨海雨，靜覺掩山城。此地秋吟苦，時來繞菊行。

此首詩之頷聯二句之「生」與「滅」，皆爲有生命之萬物所共有之動作，用之於「澗水」與「松風」非生命之物象上，就好像是人類行爲之表現，使詩人塑造之意象更加鮮明生動，透過使用擬人動詞，能拉近人與物之距離，讀者更能以人類同理心去揣摩，想像意象所塑造之意境。

第三節　藝術風格

凡文學、藝術作品都有其獨特風貌格調，即所謂藝術風格。詩人會因才性、情感、生活經歷、社會環境及政治氛圍等不同，體現在作品之中，使其呈多樣面貌。任何藝文作品，皆是作者苦心運思融入自身風采於其中，因此從作品特色、風貌、姿態，就可以看出作者是誰，故有字如其人、文似其人之說。

風格形成因素頗多，歷來看法不一。劉勰《文心雕龍・體性篇》〔註 14〕云：

> 夫情動而言形，理發而文見，蓋沿隱以至顯，因內而符外者也。然才有庸儁，氣有剛柔，學有淺深，習有雅鄭，並情性所鑠，陶染所凝，是以筆區雲譎，文苑波詭者矣。故辭理庸儁，莫能翻其才；風趣剛柔，寧或改其氣；事義淺深，未聞乖其學；體式雅鄭，鮮有反其習，各師成心，其異如面。

劉彥和以爲決定作品風格有才、氣、學、習四要素。文學作品辭理或庸或儁、風趣或剛或柔、事義或淺或深、體式或雅或鄭，皆與作者才、氣、學、習有關。四者之中，又可析爲二類，一爲才與氣，即作者內在情性鎔鍊，是天生自然，非力強而致，二爲學與習，即後天外來環境薰染，是人爲薰陶習染可以奏功。緣此，詩人先天之才、氣，與後天之學、習交互作用，形成詩人獨一無二風格取向。如宋・嚴羽《滄浪詩話》云：「子美不能爲太白之飄逸，太白不能爲子美之沈鬱。」，〔註 15〕即強調杜甫、李白風格之獨特性。風格之形成，不僅只是內在情性之因素，若從語言之寫作技巧，如音韻對偶、鍊字造句、意象塑造、體裁選用與題材選擇等，皆可見其獨特藝術風格。外來環境之因素，如詩人所處時代風尙、生活經歷等，亦可促使其在不同時期、不同經歷中，創作出富有時代意義、個人情緒色彩之作品，形成多樣化之藝術風格。

周賀詩之藝術風格，歷來多評其詩格清雅，詩與賈島、無可齊名。〔註 16〕唐・張爲《詩人主客圖》將其與姚合、無可同列「清奇雅正」〔註 17〕派之「入室」。〔註 18〕清・李懷民《重訂中晚唐詩主客圖》將

〔註 14〕同註 6，第 535 頁。
〔註 15〕同註 1，滄浪詩話，集部四一九，第 1408-817 頁。
〔註 16〕見於《唐才子傳》、《唐摭言》、《唐詩紀事》、《郡齋讀書志》。
〔註 17〕丁福保輯：《歷代詩話續編》，台北：木鐸出版社，1983 年九月初版，

其與喻鳧同列「清眞僻苦」派之「入室」。

從《全唐詩》收錄周賀 93 首詩作探析，因曾爲僧侶，且喜居名山，故其詩清淡雅致，加上中晚唐時代風尚、個人交遊、生活經歷、藝術創作方式等因素影響，而呈現出閒靜平淡、清奇雅正、寒狹僻苦之藝術風格。

壹、閒靜平淡

周賀閒靜平淡詩風之形成，主要來自初爲浮屠，常居山林，因此性情清靜淡泊。這項特質，使其詩常用「閒」字，或富有悠閒意象山、水、秋、風、雨、雲、石、溪、竹、松、春、草等字入詩。

周賀喜用閒字入詩。閒字出現在周賀詩中共十六次，占所有作品總數百分之十七點二，約五點八一首即出現閒字。列舉如下：

多難喜相識，久貧寧自閒。（〈出關後寄賈島〉）
雨過北林空晚涼，院閒人去掩斜陽。（〈寺居寄楊侍御〉）
暑消岡舍清，閒語有餘情。（〈早秋過郭涯書堂〉）
要地無閒日，仍容冒謁頻。（〈投江州張郎中〉）
世情何處淡，湘水向人閒。（〈杪秋登江樓〉）
已許衲僧修靜社，便將樵叟對閒扉。（〈秋晚歸廬山留別道友〉）
到縣餘花在，過門五柳閒。（〈送張諲之睦州〉）
嵩陽舊隱多時別，閉目閒吟憶翠微。（〈送韓評事〉）
水石致身閒自得，平雲竹閣少炎蒸。（〈寄金陵僧〉）
何當閒事盡，相伴老溪邊。（〈宿甄山南溪書公院〉）
吾宗尚無憀者，中夜閒吟生旅愁。（〈湘漢旅懷翁傑〉）
信是虛閒地，亭高亦有苔。（〈題何氏池亭〉）
稅時兼主印，每日得閒稀。（〈贈李主簿〉）

第 86 頁。

〔註 18〕入室——語出《論語・先進》：「由也升堂矣，未入於室也。」邢昺疏：「言子路之學識深淺，譬如自外入內，得其門者。入室爲深，顏淵是也；升堂次之，子路是也。」（同註 1，論語注疏，經部一八九，第 195-629 頁。）後以「入室」比喻學問或技藝得到師傳，造詣高深。

玉帛已知難撓思，雲泉終是得閒身。(〈贈姚合郎中〉)

閒話似持咒，不眠同坐禪。(〈贈胡僧〉)

道情淡薄閒愁盡，霜色何因入鬢根。(〈贈神遘上人〉)

閒字有閒暇、悠閒、安靜、無關緊要之意，在周賀各類題材中，有不少詩篇是詩人眞情流露、或企盼對方亦能過著閒靜生活之心情投射。如〈送張諲之睦州〉詩云：

遙憶新安舊，扁舟往復還。淺深看水石，來往逐雲山。

到縣餘花在，過門五柳閒。東征隨子去，俱隱薜蘿間。

「五柳」隱指五柳先生。晉陶潛著〈五柳先生傳〉，〔註 19〕自稱五柳先生。此以陶潛喻張諲，來說明其超然、灑脫之性情。「薜蘿」是指薜荔和女蘿。《楚辭・九歌・河伯》：「若有人兮山之阿，被薜荔兮帶女蘿。」〔註 20〕東漢王逸《楚辭章句》注：「女蘿，兔絲也。言山鬼仿佛若人，見於山之阿，被薜荔之衣，以兔絲爲帶也。」後用以稱隱者或高士服裝、或借指隱者居處。「東征」二句，點出周賀嚮往之隱居生活。「淺深」二句，一路上有水有山相伴，相當愜意。此首是送別之作，期待張諲能在睦州過著悠遊自得之生活。整首詩呈現一種閒適平淡之詩風，與自然合一之和諧意境。

周賀亦喜用靜字入詩。靜字出現在周賀詩中共九次，占所有作品總數百分之九點六八，約十點三三首即出現靜字。詳列如下：

已許衲僧修靜社，便將樵叟對閒扉。(〈秋晚歸廬山留別道友〉)

寄眠僧閣靜，贈別橐金空。(〈送朱慶餘〉)

家貧思減選，時靜憶歸耕。(〈寄寧海李明府〉)

幽鳥背泉棲靜境，遠人當燭想遺文。(〈宿隱靜寺上人〉)

趁風開靜户，帶葉卷殘書。(〈酬吳之問見贈〉)

道從會解唯求靜，詩造玄微不趁新。(〈贈姚合郎中〉)

見說養眞求退靜，溪南泉石許同居。(〈上陝府姚中丞〉)

夜靜溪聲徹，寒燈尚獨吟。(〈山居秋思〉)

〔註 19〕同註 1，陶淵明集，集部二，第 1063-516 頁。

〔註 20〕同註 1，楚辭章句，集部一，第 1062-22 頁。

遠分臨海雨，靜覺掩山城。(〈早秋過郭涯書堂〉)

靜字有靜止、寂靜、安靜、平靜等意涵，呈顯在周賀詩中，與其性情所展現之恬淡吻合一致。如〈上陝府姚中丞〉詩：

此心長愛狎禽魚，仍候登封獨著書。領郡只嫌生藥少，在官長恨與山疏。成家盡是經綸後，得句應多諫諍餘。見說養眞求退靜，溪南泉石許同居。

此首七言律詩，是周賀呈給姚中丞，即姚合之作，內容透露出心中所企慕之閒適生活。唐朝詩人入仕爲官者眾，要調適爲官和自由自在之閒居生活，需要靠詩人應變能力。整首詩將姚合爲官之途與自身心境做一對照，描繪出其在爲官之餘，仍嚮往閒靜自得之生活。

周賀喜用山字入詩，山字出現在周賀詩中共三十九次，占所有作品總數百分之四十一點九四，約二點三八首即出現山字。詳舉如下：

領郡只嫌生藥少，在官長恨與山疏。(〈上陝府姚中丞〉)
樹寒稀宿鳥，山迥少來僧。(〈冬日山居思鄉〉)
歸人值落葉，遠路入寒山。(〈出關後寄賈島〉)
舊有山廚在，從僧請作房。(〈休糧僧〉)
屋雪凌高燭，山茶稱遠泉。(〈同朱慶餘宿翊西上人房〉)
瓦舍山情少，齋身疾色濃。(〈如空上人移居大雲寺〉)
野渡人初過，前山雲未開。(〈早春越中留故人〉)
遠分臨海雨，靜覺掩山城。(〈早秋過郭涯書堂〉)
借山年涉閏，寢郡月逾旬。(〈投江州張郎中〉)
空翠隱高鳥，夕陽歸遠山。(〈杪秋登江樓〉)
雁度池塘月，山連井邑春。(〈長安送人〉)
路遠少來客，山深多過猿。(〈春日山居寄友人〉)
過雨遠山出，向風孤鳥迴。(〈春日重至南徐舊居〉)
舊山餘業在，杳隔洞庭波。(〈秋思〉)
明月天涯夜，青山江上秋。(〈秋宿洞庭〉)
叢桑山店迥，孤燭海船深。(〈留辭杭州姚合郎中〉)
幕府罷來無藥價，紗巾帶去有山情。(〈送石協律歸吳〉)
舊里千山隔，歸舟百計同。(〈送朱慶餘〉)

龕燈度雪補殘衲，山日上軒看舊經。(〈送忍禪師歸廬嶽〉)
黃山遠隔秦樹，紫禁斜通渭城。(〈送李億東歸〉)
山水疊層層，吾兄涉又登。(〈送表兄東南遊〉)
淺深看水石，來往逐雲山。(〈送張諲之睦州〉)
鳥下獨山秋寺磬，人隨大舸晚江波。(〈送郭秀才歸金陵〉)
看經更向吳中老，應是山川似劍南。(〈送蜀僧〉)
草履初登南客船，銅瓶猶貯北山泉。(〈送僧〉)
坐禪山店暝，補衲夜燈微。(〈送靈應禪師〉)
覓句當秋山落葉，臨書近臘硯生冰。行登總到諸山寺，坐聽蟬聲滿四稜。(〈寄金陵僧〉)
轉刺名山郡，連年別省曹。(〈寄姚合郎中〉)
山縣風光異，公門水石清。(〈寄寧海李明府〉)
獨樹倚亭新月入，城牆四面鎖山多。(〈宿李主簿〉)
暫來此地歇勞足，望斷故山滄海濆。(〈宿隱靜寺上人〉)
相過值早涼，松帚掃山牀。(〈尋北岡韓處士〉)
惟看洞庭樹，即是舊山春。(〈暮冬長安旅舍〉)
繞池逢石坐，穿竹引山回。(〈題何氏池亭〉)
野寺絕依念，靈山會遍行。(〈贈柏巖禪師〉)
草履蒲團山意存，坐看庭木長桐孫。(〈贈神遘上人〉)
辭歸幾別深山客，赴請多從遠處人。(〈贈僧〉)
山松徑與瀑泉通，巾舄行吟想越中。(〈贈厲玄侍御〉)

山疏、山迴、寒山、山廚、山茶、山情、前山、山城、借山、遠山、山深、舊山、青山、山店、千山、山日、黃山、山水、雲山、獨山、山川、北山泉、諸山寺、名山郡、山縣、鎖山多、故山、山牀、舊山春、引山回、靈山、山意、深山客、山松等詞彙，意涵相當豐富，由此可知其對山之偏好，這與其常居山林，平日生活周遭環境相符合，故常將所見所愛之景，融入於詩作之中。如〈春日山居寄友人〉〔註21〕詩：

春居無俗喧，時立澗前村。路遠少來客，山深多過猿。
帶巖松色老，臨水杏花繁。除憶文流外，何人更可言。

〔註21〕〈春日山居寄友人〉詩於《周賀詩集》題爲〈春日寄友人〉。

在大自然懷抱裡，少了俗世之喧鬧聲，只有文士之流與之交往，簡單勾勒一幅有路、山、巖、松、水、杏之詩畫，詩景交融展現恬淡自適之詩風。

周賀詩中常融大自然之天文時令與景物入詩，如日、月、風、雨、雲、秋、春、水、石、溪、竹、松、草、鳥等，水和秋字各出現二十三次、風字有二十二次、日、雨和雲字各有二十一次、月字有十八次、石字有十四次、溪字有十三次、春、竹、松、草和鳥字各有十一次，充分展現其所居所見之地理環境，正是其閒靜平淡之藝術風格。

貳、清奇雅正

中晚唐苦吟詩人在藝術上的追求大致以清新峭拔、雅潔明麗爲主。〔註22〕清奇雅正詩風之形成，源自於詩聖杜甫之清雅，宋・孫僅〈讀杜工部詩集序〉〔註23〕云：

> 公之詩支而爲六家：孟郊得其氣焰，張籍得其簡麗，姚合得其清雅，賈島得其奇僻，杜牧、薛能得其豪健，陸龜蒙得其贍博，皆出公之奇偏爾，尚軒軒然自號一家，爀世烜俗。

姚合詩之清雅取自杜甫，而周賀與之交遊，且又和有清冽之風之賈島有往來，故受二者詩風影響、相互學習是顯然可見的。

據筆者統計，周賀以清字入詩，共有七次，占所有作品總數百分之七點五。約每十三首即使用清字。例舉如下：

> 清夜蘆中客，嚴家舊釣臺。(〈早春越中留故人〉)
> 暑消岡舍清，閒語有餘情。(〈早秋過郭涯書堂〉)
> 貴邑清風滿，誰同上宰心。(〈緱氏韋明府廳〉)
> 風高寒葉落，雨絕夜堂清。(〈送僧還南岳〉)
> 山縣風光異，公門水石清。(〈寄寧海李明府〉)

〔註22〕趙榮蔚著：《晚唐士風與詩風》，上海：上海古籍出版社，2004年12月第一版，第132頁。

〔註23〕同註1，杜詩詳註，集部九，第1070-987頁。

夜清更徹寺，空闊雁衡煙。(〈同朱慶餘宿翊西上人房〉)

望重來爲守土臣，清高還似武功貧。(〈贈姚合郎中〉)

清字本身有清靜、清新、清涼、清淨、清澈、清淡等意涵，透過詩人苦吟、苦思之工夫，使其渾然天成，自然呈現一種潔淨脫俗之意境。如〈寄寧海李明府〉詩云：

山縣風光異，公門水石清。一官居外府，幾載別東京。

故疾梅天發，新詩雪夜成。〔註24〕家貧思減選，時靜憶歸耕。

把疏尋書義，〔註25〕澄心得獄情。夢靈邀客解，劍古揀人呈。

守月通宵坐，尋花迥路行。從來愛知道，何慮白髭生。

此首詩爲五言排律，詩首二句，讚揚李明府爲官清廉，身處風光不同於東京之寧海，宮署之水和石頭是相當清澈潔淨的。「水石清」一語雙關，亦指其爲官清廉。「一官」二句，可知其上任已有一段時日，自從到京都以外的州郡當官，就揮別河南洛陽好多年。「故疾」二句，描繪其雖病仍致力於寫詩，對比鮮明，用「故疾」對「新詩」，一新一舊；「梅天」和「雪夜」皆爲冬季時間用語，一晝一夜；「發」與「成」，一始一末，令人印象深刻。「家貧」二句，表現其知足常樂、嚮往田園生活之心。「把疏」二句，刻畫其好讀書與認眞辦案之情況。「夢靈」二句，輕描淡寫其待客之趣及嗜好之樂。「守月」二句，將「守月」、「尋花」提置於句首，不著痕跡，描寫其生活閑情樂趣。「從來」二句，寫有自知之明，自得其樂，無須憂愁老之將至。整首詩，無典故堆砌，自然流暢，道出李明府清廉爲官之生活情境，詞清意遠，給人溫雅平和之感，中間六聯對句刻畫頗具巧思，大抵平正典雅，整體看來，有清奇雅正之風。

參、寒狹僻苦

「詩到元和體變新」，〔註26〕在貞元、元和時代，社會較安定，

〔註24〕《周賀詩集》爲「新詩雪夜明」。

〔註25〕《周賀詩集》爲「抱跡窮書義」。

〔註26〕同註1，白氏長慶集，集部一九，第1080-261頁。

詩歌繼盛唐而中興，變爲新體，就是「新樂府運動」。當時，詩人張籍、王建、李紳、元稹、白居易都喜歡作此種新題樂府，突破前人窠臼，另闢蹊徑，如元輕白俗、郊寒島瘦，都是反映出此時期詩歌之新主流，打破大曆以來詩歌停滯狀態，另外開闢新途徑。

姚合、賈島出自於韓、孟險怪之詩派，周賀之詩風近姚、賈，在時代文風趨勢下，加上個人生活、經歷、情緒、心理等因素不同，而走向與韓孟險怪崛奇不同之詩風——寒狹僻苦。周賀對題材內容傾向寒僻，多選用五律爲其創作主體，不用典故，白描直陳，常以冷僻字入詩，而形成其獨特之藝術風格。

周賀詩以夜、寒等冷色系字和空、深、病、獨、孤、疾、隔、殘、背、迴、侵等僻字入詩，形成寒狹僻苦詩風之外顯語言形式，在周賀全部詩作中占有三成六左右之比例。以夜字爲例，夜字出現在周賀詩中，共三十四次，占所有作品總數百分之三十六點五五，約二點七四首即出現夜字。顯示周賀喜用夜字入詩，此字非僅表示時間之用語，應有其心理、情緒之反映，亦有作者之審美趣向。舉例如下：

夜靜溪聲徹，寒燈尚獨吟。(〈山居秋思〉)
迢遞早秋路，別離深夜村。(〈出關寄賈島〉)
夜清更徹寺，空闊雁銜煙。(〈同朱慶餘宿翊西上人房〉)
扶病半年離水石，思歸一夜隔風雷。(〈同徐處士秋懷少室舊居〉)
十年多病度落葉，萬里亂愁生夜牀。(〈寺居寄楊侍御〉)
清夜蘆中客，嚴家舊釣臺。(〈早春越中留故人〉)
蒹葭半波水，夜夜宿邊禽。(〈城中秋作〉)
夜蟲鳴井浪，春鳥宿庭柯。(〈春日重到王依村居〉)
歸心病起切，敗葉夜來多。(〈秋思〉)
明月天涯夜，青山江上秋。(〈秋宿洞庭〉)
凍髭亡夜剃，遺偈病時書。(〈哭閑霄上人〉)
殘秋螢出盡，獨夜雁來新。(〈旅情〉)
夜隨淨渚離蛩語，早過寒潮背井行。(〈送石協律歸吳〉)
挂帆春背雁，尋磬夜逢僧。(〈送表兄東南遊〉)

夜濤鳴柵鎖，寒葦露船燈。(〈送耿山人歸湖南〉)
風高寒葉落，雨絕夜堂清。(〈送僧還南岳〉)
坐禪山店暝，補衲夜燈微。(〈送靈應禪師〉)
相逢竹塢晦暝夜，一別苕溪多少年。(〈寄新頭陀〉)
故疾梅天發，新詩雪夜成。(〈寄寧海李明府〉)
去年今夜還來此，坐見西風裹鵲窠。(〈宿李主簿〉)
夜涼書讀遍，月正户全開。(〈宿李樞書齋〉)
此愛東樓望，仍期別夜尋。(〈宿開元寺樓〉)
一宿五峰杯度寺，虛廊中夜磬聲分。(〈宿隱靜寺上人〉)
越島夜無侵閣色，寺鐘涼有隔原聲。(〈晚題江館〉)
卻思同宿夜，高枕說天台。(〈逢播公〉)
吾宗尚無謬者，中夜閒吟生旅愁。(〈湘漢旅懷翁傑〉)
高人留宿話禪後，寂寞雨堂空夜燈。(〈過僧竹院〉)
已當鳴雁夜，多事不同居。(〈酬吳之問見贈〉)
歸思緣平澤，幽齋夜話遲。(〈與崔弁話別〉)
臘近溪書絕，燈殘夜雪稠。(〈懷西峰隱者〉)
越信楚城得，遠懷中夜興。(〈贈朱慶餘校書〉)
自算天年窮甲子，誰同雨夜守庚申。(〈贈道人〉)
關分河漢秋鐘絕，露滴獼猴夜嶽空。(〈贈厲玄侍御〉)

夜靜、深夜村、夜牀、清夜、夜蟲、天涯夜、亡夜、獨夜、夜濤、夜堂、夜燈、晦暝夜、雪夜、今夜、夜涼、中夜、宿夜、鳴雁夜、夜雪、雨夜、夜嶽等夜字用法，其意涵相當豐富。有時間概念之夜，如中夜閒吟生旅愁、去年今夜還來此、別離深夜村；有天候之夜，如新詩雪夜成、誰同雨夜守庚申、相逢竹塢晦暝夜；有心理因素之夜，如獨夜雁來新；有情緒主導之夜，如寂寞雨堂空夜燈、夜濤鳴柵鎖、夜蟲鳴井浪、夜靜溪聲徹、夜隨淨渚離蛩語、凍髭亡夜剃。而由夜字所出現之詩中，其語言形式往往營造出僻冷、清靜之氛圍，試觀〈秋思〉詩云：

楊柳已秋思，楚田仍刈禾。歸心病起切，敗葉夜來多。
細雨城蟬噪，殘陽嶠客過。舊山餘業在，杳隔洞庭波。

首句即點出詩題，詩首二句寫出秋天所見之景致，《詩．小雅．鹿鳴》：

「昔我往矣，楊柳依依。」〔註27〕「楊柳」，自古以來就易引人愁緒。收割後之「楚田」，呈現蕭瑟之面貌。頷聯「歸心」二句，承前聯之意，敘寫思緒之情起，讓內心所受所見皆有更深體會。頸聯「細雨」二句，用具體事物烘托，讓秋思有鮮明具象。末處「舊山」二句，將秋思具體歸納作結。整首詩在取材上，選用詞彙如「楊柳」、「楚田」、「病」、「敗葉」、「夜」、「細雨」、「殘陽」、「舊山」等都偏向寒狹、瑣細、清冷、寂苦之景與語彙，故詩風自然呈顯出與此相應之寒狹僻苦之藝術風格。

周賀喜用寒字入詩，可以營造出寒冷寂靜之世界。寒字出現在周賀詩中共二十三次，占所有作品總數百分之二十四點七三，約四點零四首即出現寒字。此字一般作形容詞使用，非僅表示節令、氣侯之用語，亦是其眞性情之反映，融入作者之獨特審美觀。詳列如下：

夜靜溪聲徹，寒燈尚獨吟。(〈山居秋思〉)
樹寒稀宿鳥，山迥少來僧。(〈冬日山居思鄉〉)
歸人值落葉，遠路入寒山。(〈出關後寄賈島〉)
溪僧還共謁，相與坐寒天。(〈同朱慶餘宿翊西上人房〉)
平楚起寒色，長沙猶未還。(〈杪秋登江樓〉)
寒燈隨故病，伏雨接秋霖。(〈城中秋作〉)
澤雁和寒露，江槎帶遠薪。(〈旅懷〉)
夜隨淨渚離蛩語，早過寒潮背井行。(〈送石協律歸吳〉)
泉水帶冰寒溜澀，薜蘿新雨曙煙腥。(〈送忍禪師歸廬嶽〉)
寒僧迴絕塞，夕雪下窮冬。(〈送省己上人歸太原〉)
夜濤鳴柵鎖，寒葦露船燈。(〈送耿山人歸湖南〉)
衡陽舊寺秋歸去，門鎖寒潭幾樹蟬。(〈送僧〉)
風高寒葉落，雨絕夜堂清。(〈送僧還南岳〉)
飢鼠緣危壁，寒狸出壞墳。(〈送僧歸江南〉)
離岸游魚逢浪返，望巢寒鳥逆風飛。(〈送韓評事〉)
寒天仍遠去，離寺雪霏霏。(〈送靈應禪師〉)

〔註27〕同註1，毛詩注疏，經部六三，第69-461頁。

齋牀幾減供禽食，禪徑寒通照像燈。(〈寄金陵僧〉)
晚柳蟬和角，寒城燭照濤。(〈寄姚合郎中〉)
寒扉關雨氣，風葉隱鐘音。(〈宿開元寺樓〉)
叢木開風徑，過從白晝寒。(〈題書公院〉)
灌木藏岑色，天寒望即愁。(〈懷西峰隱者〉)
風泉盡結冰，寒夢徹西陵。(〈贈朱慶餘校書〉)
抱疾因尋周柱史，杜陵寒葉落無窮。(〈贈厲玄侍御〉)

寒燈、樹寒、寒山、寒天、寒色、寒露、寒潮、寒僧、寒葦、寒潭、寒葉、寒狸、寒鳥、寒城、寒扉、白晝寒、天寒、寒夢等，皆帶有寒字原有詞性之冷冽、肅殺之氣，在周賀詩各類題材中，相當集中、顯明地出現在「送別迎來」與「酬和寄贈」類之詩中。寒字之出現，符合周賀心境之投射，讓情感表達凍結在最低點，展現詩人特有韻味。如〈送省己上人歸太原〉詩云：

惜別聽邊漏，窗燈落燼重。寒僧迴絕塞，夕雪下窮冬。
出定聞殘角，休兵見壞鋒。何年更來此，老卻倚階松。

整首送別之作，處處是寒冷殘壞之景致。周賀透過對省己上人未來將要面對之景物，做淋漓盡致刻畫，充分表達對其擔憂和關切之情。詩中「寒僧」、「絕塞」、「夕雪」、「窮冬」、「殘角」、「休兵」、「壞鋒」等詞彙，渲染出一幅上人回到天寒地凍中，眼前所見皆是戰亂後之殘景，有淒涼之感，呈顯出寒狹僻苦之藝術特色。

周賀詩中亦常出現空、深、病、獨、孤、疾、隔、殘、背、迴、侵等僻字入詩，空字出現十八次、深字有十四次、病字有十三次、獨字有十一次、孤、疾和隔字各有十次、殘字有九次、背字有七次、迴字有四次、侵字有二次，約占所有作品總數百分之十九點三五。其中如殘日、殘秋、殘書、殘雲、殘角、殘燈、殘衲、殘陽、病葉等，從對殘缺之物之特殊偏好，乃具體化其寒狹僻苦之藝術風格。

第五章　結　論

周賀所處時代，正是安史亂後，政治上，出現藩鎮割據、宦官專權、朋黨之爭、吏治敗壞之亂象；外交上，有吐蕃、回鶻與南詔之寇邊侵擾、叛亂無常，如此內亂外患交迭、政治日漸腐敗，國勢逐漸衰退；經濟上，受到政治外交影響而連年用兵，兵費龐大，國庫空虛，以致稅賦苛重，土地兼併盛行，造成貧者愈貧、富者愈富等貧富不均之現象；社會上，儒釋道三教並盛，普遍有熱中功名、禮佛誦經、服食丹藥之風氣。科舉之途，間接導致行卷風熾、士風敗壞。而唐人耽於逸樂，風習奢華，亦顯露出唐朝繁盛背後有其不堪之一面。相對於政治、經濟、社會之衰微，思想和文學則蓬勃發展，詩歌更呈現求新求變之局面。整個文學環境，受到社會風氣影響，文人與佛道交往密切，且相互唱和，形成酬酢唱和之風盛行。另外，受到時代環境影響，文人會以構思奇特、造語險怪來表達對時局之不平與不滿，這些對周賀詩歌創作，有程度不等之影響。

關於周賀生平事蹟，史料闕如，僅能從五代・王定保所撰《唐摭言》、宋・計有功所著《唐詩記事》和元・辛文房所寫《唐才子傳》拼湊出其大概，這些書籍中對於其家世、生卒年、生平事蹟均缺乏詳盡記載。筆者僅可以參酌各書所載，及周賀交遊往來之詩篇，作一粗陋之探索。從其〈贈皎然上人〉與〈贈柏巖禪師〉詩，可推測應與皎然上人、柏巖禪師有往來。依據大陸學者徐文明〈唐代詩僧皎然的宗系和思想〉之考證，判定皎然上人生於開元八年（720），卒於永貞元年（805），又據《增訂注釋全唐詩》注解柏巖禪師，疑即百岩禪師，其生卒年代爲西元 756 至 815 年。而此可知周賀生於永貞元年之前，在貞元（785～805）初出生。

就交遊方面，從周賀詩中得知其交遊相當廣泛，上至名臣胥吏，下至僧道隱士，與之酬和、寄贈、送別之詩文數量相當可觀，與僧侶等酬酢詩文亦爲數不少。

在詩歌題材方面，周賀詩之題材，大致可分爲應酬、宗教、感懷、登臨四大類，內容豐富，主要集中在酬和、寄贈、送別之篇什，共四十九首，占所有作品總數百分之五十二點六八，此可反映出當時文學風氣，文士唱和之風盛行。另外，因周賀早年爲浮屠，故與僧侶道士往來密切，而所撰宗教詩凡十七首，占總數百分之十八點二八。

在寫作風格方面，周賀以五言律詩成就最大。在聲律用韻上，講究平仄和諧，用韻嚴謹，大抵嚴守常格，合乎標準，押韻皆爲平聲韻，且大多數爲寬韻，窄韻和中韻較少。在意象塑造上，周賀詩意象繁多，有天文、時令等十六類，就個別意象言，出現達二十次以上之山、夜、人、客、水、秋、風、日、雨、雲、僧幾個意象群之構成來看，其性質皆傾向「閒靜」之特點，且構成周賀詩風格之主要基調，是相當明顯的；其次就出現達十次以上、十五次以下這一意象群，如石、雪、天、書、溪、心、燈、竹、松、春、草、鳥、禪、齋、地、門、雁、嶽等意象，以描繪寺院、山居、大自然之景色爲主，其性質則有「清」之特點；另外，出現九次以上之其他意象，如夜、寒、落、病、疾、老、孤、獨、殘等詞彙大量運用，增添詩中陰冷色調，其性質有「寒」之特點。此三種意象特色，塑造出閒靜平淡、清奇雅正與寒狹僻苦三種不同之藝術風格。

周賀之詩風，歷來雖評其似姚合、賈島，但他沒有姚合描寫邊疆征戰生活之邊塞詩，亦沒有賈島以身邊瑣細事物爲題材之詠物詩，所以三人是各有不同的。他因早年爲僧居於山林，此與賈島頗爲相似，但心性恬淡，不慕名利，因此受姚合賞識而還俗，仍未萌做官之心。其自得其樂之心境，影響其詩風，以閒靜平淡爲主；用字新奇，使其列入「清奇雅正」；偶以僻字入詩，卻不流於詼詭險僻，而列爲「清眞僻苦」。

周賀不似李、杜等大家，光芒耀眼、燦爛奪目。他繼賈島之後，承接苦吟詩人一脈，其詩寫象痛切，饒有深意，實應在文學史給予適當的肯定與地位。

參考書目

（依人名筆劃順序排列）

一、相關書籍

1. 《全唐詩》，北京：中華書局，1960年第一版。
2. 丁福保編，王夫之等撰：《清詩話》，台北：木鐸出版社，1988年9月初版。
3. 丁福保輯：《歷代詩話續編》，台北：木鐸出版社，1983年9月初版。
4. 上海古籍出版社編：《唐五代詩鑒賞》，上海：上海古籍出版社，1998年12月第一版。
5. 王子武著：《中國詩律研究》，台北：文津出版社，1970年9月出版。
6. 王定保撰：《唐摭言》，台北：世界書局，1975年4月三版。
7. 王隆升撰：《唐代登臨詩研究》，台北：文津出版，1998年4月一刷。
8. 王溥著：《唐會要》，台北：臺灣商務印書館，1968年3月臺一版。
9. 王壽南著：《唐代士人與藩鎮》，台北：大化書局，1978年9月初版。
10. 王壽南著：《唐代政治史論集》，台北：台灣商務印書館，1983年4月二版。
11. 王讜著，周勛初校證：《唐語林校證》，北京：中華書局，1987年7月第一版。
12. 司馬光編著，胡三省音注：《資治通鑑》，北京：中華書局，2005年重印。
13. 平野顯照著，張桐生譯：《唐代文學與佛教》，台北：華宇出版社，1986年12月初版。

14. 永瑢、紀昀等纂修：《景印文淵閣四庫全書》，台北：臺灣商務印書館，1986 年 3 月初版。
15. 任繼愈主編：《道藏提要》，北京：中國社會科學出版社，1991 年 7 月第 1 次印刷。
16. 朱越利著：《道經總論》，台北：遼寧教育出版社，1995 年 1 月分版一刷。
17. 江都・余照春亭著：《增廣詩韻集成》，高越：高雄復文圖書，1995 年元月初版二刷。
18. 吳錦順、吳承燕著：《詩句對仗押韻便覽》，彰化：大彰印刷，1991 年 12 月再版。
19. 李曰剛著：《中國詩歌流變史》，台北：文津出版社，1987 年 2 月出版。
20. 李季平主編：《全唐文——政治經濟資料匯編》，陝西：三秦出版社，1992 年 1 月第 1 次印刷。
21. 李德超著：《詩學新編》，台北：五南圖書出版，1995 年 12 月初版一刷。
22. 李樹桐著：《隋唐史別裁》，台北：臺灣商務印書館，1995 年 6 月初版。
23. 杜松柏博士著：《禪學與唐宋詩學》，台北：黎明文化，1980 年 10 月 20 日初版。
24. 辛文房著、李立朴譯注：《唐才子傳》，台北：臺灣古籍出版社，1997 年 11 月分版一刷。
25. 辛文房撰、周本淳校正：《唐才子傳校正》，台北：文津出版社，1988 年 3 月出版。
26. 孟二冬著：《中唐詩歌之開創與新變》，北京：北京大學出版社，1998 年 9 月第一版。
27. 林西郎著：《唐代道教管理制度研究》，四川：巴蜀書社，2006 年 12 月第一次印刷。
28. 周賀著：《周賀詩集》，北京：北京圖書館出版社，2002 年 10 月第一版第一次印刷。
29. 胡震亨著：《唐音癸籤》，台北：木鐸出版社，1982 年初版。
30. 計有功撰：《唐詩記事》，台北：中華書局，1981 年 9 月臺二版。
31. 卿希泰主編：《道教與中國傳統文化》，台北：中華道統出版社，1996 年 2 月 15 日初版。

32. 孫光憲著:《北夢瑣言》,台北:源流文化出版社,1983 年 4 月初版。
33. 孫昌武著:《唐代文學與佛教》,陝西:陝西人民出版社,1985 年 8 月第 1 版第一次印刷。
34. 孫映逵主編:《全唐詩流派品匯》,太原市:北岳文藝出版社,1998 年第一版。
35. 徐連達著:《唐朝文化史》,上海:復旦大學出版,2003 年 11 月第一版。
36. 晁公武著:四部叢刊廣編《金石錄、昭德先生郡齋讀書志》,台北:臺灣商務,1981 年初版。
37. 祖保泉著:《司空圖詩品注釋及譯文》,台北:文馨山版社,1975 年出版。
38. 袁行霈著:《中國詩歌藝術研究》,台北:五南圖書出版社,1989 年 5 月台灣初版。
39. 袁閭琨主編:《全唐詩廣選新注集評》,遼寧:遼寧人民出版社,1994 年 8 月第一次印刷。
40. 張宏生著:《中國佛教百科叢書・詩偈卷》,台北:佛光文化,1999 年 6 月初版。
41. 張建業著:《中國詩歌史》,台北:文津出版社,1995 年 6 月初版一刷。
42. 張健著:《中國古典詩新論》,台北:五南圖書出版,1996 年 7 月初版一刷。
43. 張健著:《王士禎論詩絕句三十二首箋證》,台北:文史哲出版社,1994 年 4 月初版。
44. 張夢機著:《古典詩的形式結構》,台北板橋:駱駝出版社,1997 年 7 月初版一刷。
45. 郭紹林著:《唐代士大夫與佛教》,台北市:文史哲,1983 年 9 月。
46. 陳振孫撰:《直齋書錄解題》,台北:廣文書局,1979 年 5 月再版。
47. 陳寅恪著:《唐代政治史述論稿》,台北:臺灣商務印書館,1998 年 7 月臺二版第二次印刷。
48. 陳貽焮主編:《增訂注釋全唐詩》,陝西:文化藝術出版社,2001 年第一版。
49. 陳慧劍著:《寒山子研究》,台北:東大圖書,1984 年 6 月初版。
50. 章羣著:《唐史》,台北:華岡出版,1978 年 6 月四版。
51. 傅樂成著:《隋唐五代史》,台北:中國文化學院出版部,1980 年 7

月出版。
52. 傅樂成著：《隋唐五代史》，台北市：眾文圖書，1990 年 11 月二版二刷。
53. 傅璇琮等著：《唐五代人物傳記資料綜合索引》，台北：文史哲出版社，1993 年臺一版。
54. 曾進豐著：《晚唐詩的鋒芒與光彩》，台南：漢風出版社，2003 年 5 月。
55. 程仁卿著：《詩學津梁》，台北：臺灣商務印書館，1991 年 3 月初版。
56. 黃永武著：《中國詩學．設計篇》，台北市：巨流圖書，1999 年 9 月初版十二印。
57. 黃美鈴著：《唐代詩評中風格論之研究》，台北：文史哲出版社，1982 年 2 月初版。
58. 黃麗貞著：《實用修辭學》，台北：國家出版社，1999 年 3 月初版一刷。
59. 黃懺華著：《中國佛教史》，台北：新文豐出版公司，1983 年 1 月再版。
60. 楊家駱主編：《新舊唐書合鈔》，台北：鼎文書局，1972 年 4 月初版。
61. 董誥等編：《全唐文》，北京：中華書局出版，1987 年 2 月北京第 2 次印刷。
62. 趙榮蔚著：《晚唐士風與詩風》，上海：上海古籍出版社，2004 年 12 月第一版。
63. 趙翼撰、杜維運考證：《廿二史劄記》，台北：華世出版社，1977 年 9 月新一版。
64. 劉大杰著：《中國文學發展史》，台北：華正書局，1998 年 8 月版。
65. 劉竹青著：《孟郊賈島研究》，台北：文史哲出版社，2003 年 4 月初版。
66. 劉伯驥著：《唐代政教史》，台北：中華書局，1954 年 8 月台初版。
67. 劉昫等撰：《舊唐書》，北京：中華書局，1987 年 11 月湖北第三次印刷。
68. 劉逸生主編、劉斯翰選注：《孟郊賈島詩選》，台北：遠流出版，2000 年 3 月 16 日台灣分版五刷。
69. 劉精誠著：《中國道教史》，台北：文津出版社，1993 年 7 月初版一刷。
70. 劉勰著，周振甫注：《文心雕龍注釋》，台北：里仁書局，1984 年 5

月 20 日。

71. 歐陽修、宋祁著：《新唐書》，北京：中華書局，1987 年 11 月湖北第三次印刷。
72. 歐麗娟著：《杜詩意象論》，台北：里仁書局，1997 年 12 月 31 日初版。
73. 潘百齊編著：《全唐詩精隼分類鑒賞集成》，南京：河海大學出版社，1995 年 9 月第 4 印刷。
74. 蔣復璁、宋晞著：《宋史》，台北：中華學術院出版，1972 年初版。
75. 蔣勵材編著：《二十四品近體唐詩選》，台北：國立編譯館中華叢書編審委員會，1981 年 4 月初版。
76. 鄭奠・譚全基編著：《古漢語修辭學資料彙編》，台北：明文書局，1984 年 9 月初版。
77. 鄭樵著、何天馬校：《通志略》，台北：里仁書局，1982 年 8 月臺一版。
78. 蕭水順著：《從鐘嶸詩品到司空詩品》，台北：文史哲出版社，1993 年 2 月初版。
79. 戴揚本注譯：《新譯唐才子傳》，台北：三民書局，2005 年 9 月初版一刷。
80. 魏慶之撰：《詩人玉屑》，台北：九思出版，1978 年 11 月 15 日台一版。
81. 鎌田茂雄著，關世謙譯：《中國佛教史》，台北：新文豐出版公司，1978 年元月再版。
82. 羅竹風主編：《漢語大詞典》，上海市：漢語大詞典出版社，1990 年第一版。
83. 嚴羽著：《嚮浪詩話校釋》，台北：河洛圖書出版社，1979 年 12 月 1 日印再版。

二、期刊論文

1. 李建崑：〈中晚唐苦吟詩人探論〉，《興大中文學報》第 13 期，民國 89 年 12 月，頁 11～28。
2. 李建崑：〈試論李懷民《重訂中晚唐詩主客圖》〉，《東海中文學報》第 17 期，民國 94 年 7 月，頁 31～59。
3. 馮國棟：〈《宋史・藝文志》釋氏別集、總集考〉，《中華佛學研究》第 10 期，民國 95 年 3 月，頁 175～198。

三、學位論文

1. 陳鍾琇：《唐代和詩研究》，東海大學，碩士論文，民國89年。
2. 鄭紀眞：《賈島詩研究》，台灣師範大學，碩士論文，民國81年。
3. 顏寶秀：《推敲詩人——賈島詩藝探索》，中興大學，碩士論文，民國93年。
4. 簡貴雀：《姚合詩及其《極玄集》研究》，高雄師大，博士論文，民國90年1月。

附　錄

附錄一：周賀生平及著述資料

書名或篇名	記　　載
《新唐書・藝文志》	《周賀詩》一卷
《唐摭言》	周賀，少從浮圖，法名清塞，遇姚合而反初。詩格清雅，與賈長江、無可上人齊名。
《唐詩紀事》	僧清塞 師東洛人，姓周氏。少從浮圖，法名清塞，遇姚合而反初，易名賀。初與長江、無可齊名。 唐有周賀詩，即清塞也。
《唐才子傳》	清塞，字南鄉，居廬嶽為浮屠，客南徐亦久，後來少室、終南間。俗姓周名賀。工為近體詩，格調清雅，與賈島、無可齊名。寶曆中，姚合守錢塘，因攜書投刺以丐品第，合延待甚異。見其〈哭僧詩〉云：「凍鬚亡夜剃，遺偈病中書。」大愛之，因加以冠巾，使復姓字。時夏臘已高，榮望落落，竟往依名山諸尊宿自終。詩一卷，今傳。
《昭德先生郡齋讀書志》	《清塞詩》一卷 右唐僧清塞，字南卿，詩格清雅，與賈島、無可齊名。寶曆中，姚合為杭，因携書投謁。合聞其〈哭僧詩〉云：「凍須亡夜剃，遺偈病中書。」大愛之，因加以冠巾，為周賀云。
《直齋書錄解題》	《周賀集》一卷 唐周賀撰。嘗為僧，名清塞，後反初服。別本又號《清塞集》
《宋史・藝文志》	《周賀詩》一卷
明・祁承㸁《澹生堂藏書目》	《清塞集》一卷

《徐氏家藏書目》	《僧清塞詩》一卷
《全唐詩》	周賀，字南卿，東洛人，初爲浮屠，名清塞。杭州太守姚合愛其詩，加以冠巾，改名賀。
《全唐詩流派品匯》	周賀（？），字南卿，東洛（今四川廣元）人。曾在廬山爲僧，後又來少室、終南間。大和末，還俗。周賀工近體詩，格調清雅，與賈島、無可齊名。寶曆中，姚合爲杭州刺史，因攜書投刺，甚得稱賞。又與方干、朱慶餘友善，頗多唱酬。晚唐張爲作《詩人主客圖》，將其列於「清奇雅正」目之「入室」中。《全唐詩》存詩一卷。
《唐五代詩鑒賞》	周賀，東洛（今四川廣元西北）人。少年爲僧，號清塞。姚合愛其詩，使其還俗，易名爲賀，字南卿。周賀詩與賈島、無可齊名，頗多清刻之句，然終嫌未脫僧氣。集中「澄江月上見魚擲，晚徑葉多聞犬行」（《晚題江館》）等，均爲人稱道。《全唐詩》存詩一卷。（黃珅）
《增訂注釋全唐詩》	周賀，字南卿，東洛（今河南洛陽市）人。早年居廬山爲僧，法名清塞。客潤州（今江蘇鎮江）三年，又曾隱居嵩山少室。文宗大和末（834、835），姚合任杭州刺史，愛其詩。傳合命其還俗。然其開成中作〈贈厲玄侍御〉詩，仍自稱「鄉僧」。賀詩格清雅，張爲將其與無可同列「清奇雅正」、「入室」（《詩人主客圖》）。與姚合、賈島、方干、朱慶餘友善，多所酬唱。今存詩一卷。生平見《唐摭言》卷一〇、《唐詩紀事》卷七六、《郡齋讀書志》卷四、《唐才子傳》卷六。
馮國棟〈《宋史・藝文志》・釋氏別集總集考〉	《僧清塞集》一卷 清塞即周賀，字南卿，東洛（今屬河南）人，客南徐多年。曾隱居少室山，後又居廬嶽爲僧，法名清塞。大和末年，姚合任杭州刺史，見其詩，命其還俗。清塞工詩，與賈島、無可齊名。知爲同書異名。明祁承㸁《澹生堂藏書目》卷 13 載《清塞集》一卷，《徐氏家藏書目》卷 5 亦載《僧清塞詩》一卷，知明代此集傳本尚多。
《全唐詩廣選新注集評》	周賀，字南雲（《全唐詩》作「南卿」），洛陽（今屬河南）人。初居廬山爲浮屠，名清塞，後客南徐、居少室。杭州太守姚合愛其詩，加以冠巾，改名賀。後亦不得志，依名山終老。生平見《唐才子傳》、《唐詩紀事》。詩工近體，長於煉字，格調清雅，與賈島、無可齊名，屬賈島一派。《全唐詩》存詩 1 卷。

附錄二：清《全唐詩》周賀詩（凡九十三首，《增訂注釋全唐詩》佚句二）

全唐詩序號	全唐詩詩題	全　唐　詩　內　文
1	留辭杭州姚合郎中	波濤千里隔，抱疾亦相尋。 會宿逢高士，辭歸值積霖。 叢桑山店迥，孤燭海船深。 尚有重來約，知無省閣心。
2	酬吳之問見贈	已當鳴雁夜，多事不同居。 故疾離城晚，秋霖見月疏。 趁風開靜戶，帶葉卷殘書。 蕩槳期南去，荒園久廢鋤。
3	送分定歸靈夏	南遊多老病，見說講經稀。 塞寺幾僧在，關城空自歸。 帶河衰草斷，映日旱沙飛。 卻到禪齋後，邊軍識衲衣。
4	與崔弇話別	歸思緣平澤，幽齋夜話遲。 人尋馮翊去，草向建康衰。 雨雪生中路，干戈阻後期。 幾年方見面，應是鑷蒼髭。
5	題何氏池亭	信是虛閒地，亭高亦有苔。 繞池逢石坐，穿竹引山回。 果落纖萍散，龜行細草開。 主人偏好事，終不厭頻來。
6	送表兄東南遊	山水疊層層，吾兄涉又登。 挂帆春背雁，尋磬夜逢僧。 雪溜懸衡嶽，江雲蓋秣陵。 評文永不忘，此說是中興。
7	送康紹歸建業	南朝秋色滿，君去意如何。 帝業空城在，民田壞塚多。 月圓臺獨上，栗綻寺頻過。 籬下西江闊，相思見白波。
8	再過王輅原居納涼	夏天多憶此，早晚得秋分。 舊月來還見，新蟬坐忽聞。 扇風調病葉，溝水隔殘雲。 別有微涼處，從容不似君。
9	送耿山人歸湖南	南行隨越僧，別業幾池菱。 兩鬢已垂白，五湖歸掛罾。 夜濤鳴柵鎖，寒葦露船燈。 去此應無事，卻來知不能。

10	送省己上人歸太原	惜別聽邊漏，窗燈落燼重。 寒僧迴絕塞，夕雪下窮冬。 出定聞殘角，休兵見壞鋒。 何年更來此，老卻倚階松。
11	宿甄山南溪晝公院	從作兩河客，別離經半年。 卻來峰頂宿，知廢甄南禪。 餘霧沈斜月，孤燈照落泉。 何當閒事盡，相伴老溪邊。
12	相次尋舉客寄住人	停橈因舊識，白髮向波濤。 以我往來倦，知君耕稼勞。 渚田臨舍盡，坂路出簷高。 遊者還南去，終期伴爾曹。
13	出關寄賈島	舊鄉無子孫，誰共老青門。 迢遞早秋路，別離深夜村。 伊流偕行客，岳響答啼猿。 去後期招隱，何當復此言。
14	暮冬長安旅舍	湖外誰相識，思歸日日頻。 遍尋新住客，少見故鄉人。 失計空知命，勞生恥爲身。 惟看洞庭樹，即是舊山春。
15	贈胡僧	瘦形無血色，草履著行穿。 閒話似持咒，不眠同坐禪。 背經來漢地，袒膊過冬天。 情性人難會，遊方應信緣。
16	贈李主簿	稅時兼主印，每日得閒稀。 對酒妨料吏，爲官亦典衣。 案遲吟坐待，宅近步行歸。 見說論詩道，應愁判是非。
17	同朱慶餘宿翊西上人房	溪僧還共謁，相與坐寒天。 屋雪凌高燭，山茶稱遠泉。 夜清更徹寺，空闊雁衝煙。 莫怪多時話，重來又隔年。
18	寄姚合郎中	轉刺名山郡，連年別省曹。 分題得客少，著價買書高。 晚柳蟬和角，寒城燭照濤。 鄀溪臥疾久，未獲後乘騷。
19	休糧僧	一齋難過日，況是更休糧。 養力時行道，聞鐘不上堂。 惟留溫藥火，未寫化金方。 舊有山廚在，從僧請作房。

20	懷西峰隱者	灌木藏岑色，天寒望即愁。 高齋何日去，遠瀑入城流。 臘近溪書絕，燈殘夜雪稠。 邇來相憶處，枕上苦吟休。
21	贈柏巖禪師	野寺絕依念，靈山會遍行。 老來披衲重，病後讀經生。 乞食嫌村遠，尋溪愛路平。 多年柏巖住，不記柏巖名。
22	旅懷	不覺月又盡，未歸還到春。 雪通廬岳夢，樹匝草堂身。 澤雁和寒露，江槎帶遠薪。 何年自此去，舊國復爲鄰。
23	緱氏韋明府廳	貴邑清風滿，誰同上宰心。 杉松出郭外，雨電下嵩陰。 度雁方離壘，來僧始別岑。 西池月纔迴，會接一宵吟。
24	送朱慶餘	野客行無定，全家在浦東。 寄眠僧閣靜，贈別橐金空。 舊里千山隔，歸舟百計同。 藥資如有分，相約老吳中。
25	宿開元寺樓	西峰殘日落，誰見寂寥心。 孤枕客眠久，兩廊僧話深。 寒扉關雨氣，風葉隱鐘音。 此愛東樓望，仍期別夜尋。
26	送僧還南岳	辭僧下水柵，因夢嶽鐘聲。 遠路獨歸寺，幾時重到城。 風高寒葉落，雨絕夜堂清。 自說深居後，鄰州亦不行。
27	秋思	楊柳已秋思，楚田仍刈禾。 歸心病起切，敗葉夜來多。 細雨城蟬噪，殘陽嶠客過。 舊山餘業在，杳隔洞庭波。
28	旅情	黃葉下階頻，徐徐起病身。 殘秋螢出盡，獨夜雁來新。 別業去千里，舊鄉空四鄰。 孤舟尋幾度，又識岳陽人。
29	送靈應禪師	寒天仍遠去，離寺雪霏霏。 古跡曾重到，生涯不暫歸。 坐禪山店暝，補衲夜燈微。 巡禮何時住，相逢的是稀。

30	送陸判官防秋	匹馬無窮地，三年逐大軍。 算程淮邑遠，起帳夕陽曛。 瀑浪行時漱，邊笳語次聞。 要傳書札去，應到磧東雲。
31	山居秋思	一從雲水住，曾不下西岑。 落木孤猿在，秋庭積霧深。 泉流通井脈，蟲響出牆陰。 夜靜溪聲徹，寒燈尚獨吟。
32	贈皎然上人	竹庭瓶水新，深稱北窗人。 講罷見黃葉，詩成尋舊鄰。 錫陰迷坐石，池影露齋身。 苦作南行約，勞生始問津。
33	春日山居寄友人	春居無俗喧，時立澗前村。 路遠少來客，山深多過猿。 帶巖松色老，臨水杏花繁。 除憶文流外，何人更可言。
34	留別南徐故人	三年蒙見待，此夕是前程。 未斷卻來約，且伸臨去情。 潮迴灘鳥下，月上客船明。 他日南徐道，緣君又重行。
35	送僧歸江南	洗足北林去，遠途今已分。 麻衣行嶽色，竹杖帶湘雲。 飢鼠緣危壁，寒狸出壞墳。 前峰一聲磬，此夕不同聞。
36	早春越中留故人	此行經歲近，唯約半年迴。 野渡人初過，前山雲未開。 雁群逢曉斷，林色映川來。 清夜蘆中客，嚴家舊釣臺。
37	送友人	彈琴多去情，浮楫背潮行。 人望豐壖宿，蟲依蠹木鳴。 檣煙離浦色，蘆雨入船聲。 如疾登雲路，憑君寄此生。
38	春日重到王依村居	野煙居舍在，曾約此重過。 久雨初招客，新田未種禾。 夜蟲鳴井浪，春鳥宿庭柯。 莫爲兒孫役，餘生能幾何。
39	入靜隱寺途中作	亂雲迷遠寺，入路認青松。 鳥道緣巢影，僧鞋印雪蹤。 草煙連野燒，溪霧隔霜鐘。 更遇樵人問，猶言過數峰。

40	送楊嶽歸巴陵	何處得鄉信，告行當雨天。 人離京口日，潮送岳陽船。 孤鳥背林色，遠帆開浦煙。 悲君惟此別，不肯話迴年。
41	贈朱慶餘校書	風泉盡結冰，寒夢徹西陵。 越信楚城得，遠懷中夜興。 樹停沙島鶴，茶會石橋僧。 寺閣連官舍，行吟過幾層。
42	逢播公	帶病希相見，西城早晚來。 衲衣風壞帛，香印雨霑灰。 坐久鐘聲盡，談餘嶽影迴。 卻思同宿夜，高枕說天台。
43	尋北岡韓處士	相過值早涼，松帚掃山牀。 坐石泉痕黑，登城蘚色黃。 逆風沉寺磬，初日曬鄰桑。 幾處逢僧說，期來宿北岡。
44	哭閑霄上人	林逕西風急，松枝講鈔餘。 凍髭亡夜剃，遺偈病時書。 地燥焚身後，堂空著影初。 弔來頻落淚，曾憶到吾廬。
45	城中秋作	已落關東葉，空懸浙右心。 寒燈隨故病，伏雨接秋霖。 客話曾誰和，蟲聲少我吟。 蒹葭半波水，夜夜宿邊禽。
46	玉芝觀王道士	四面杉蘿合，空堂畫老仙。 甕根停雪水，曲角積茶煙。 道至心機盡，宵晴瑟韻全。 暫來還又去，未得坐經年。
47	出關後寄賈島	故國知何處，西風已度關。 歸人值落葉，遠路入寒山。 多難喜相識，久貧寧自閒。 唯將往來信，遙慰別離顏。
48	題書公院	叢木開風徑，過從白晝寒。 舍深原草合，茶疾竹薪乾。 夕雨生眠興，禪心少話端。 頻來覺無事，盡日坐相看。
49	京口贈崔固	積雨晴時近，西風葉滿泉。 相逢嵩嶽客，共聽楚城蟬。 宿館橫秋島，歸帆漲遠田。 別多還寂寞，不似剡中年。

50	書實上人房	絕頂言無伴，長懷剃髮師。 禪中燈落燼，講次柏生枝。 沙井泉澄疾，秋鐘韻盡遲。 里閭還受請，空有向南期。
51	送張諲之睦州	遙憶新安舊，扁舟往復還。 淺深看水石，來往逐雲山。 到縣餘花在，過門五柳閒。 東征隨子去，俱隱薜蘿間。
52	贈王道士	藥力資蒼鬢，應非舊日身。 一爲嵩嶽客，幾葬洛陽人。 石縫瓢探水，雲根斧斫薪。 關西來往路，誰得水銀銀。
53	冬日山居思鄉	大野始嚴凝，雲天曉色澄。 樹寒稀宿鳥，山迥少來僧。 背日收窗雪，開爐釋硯冰。 忽然歸故國，孤想寓西陵。
54	如空上人移居大雲寺	竹溪人請住，何日向中峯。 瓦舍山情少，齋身疾色濃。 夏高移坐次，菊淺露行蹤。 來往湓城下，三年兩度逢。
55	送幻群法師	北京一別後，吳楚幾聽砧。 住久白髮出，講長枯葉深。 香連鄰舍像，磬徹遠巢禽。 寂默應關道，何人見此心。
56	春喜友人至山舍	鳥鳴春日曉，喜見竹門開。 路自高巖出，人騎大馬來。 折花林影斷，移石洞陰迴。 更欲留深語，重城暮色催。
57	春日重至南徐舊居	綠水陰空院，春深喜再來。 獨眠從草長，留酒看花開。 過雨遠山出，向風孤鳥迴。 忽思秋夕事，雲物卻悠哉。
58	早秋過郭涯書堂	暑消岡舍清，閒語有餘情。 澗水生茶味，松風滅扇聲。 遠分臨海雨，靜覺掩山城。 此地秋吟苦，時來繞菊行。
59	長安送人	上國多離別，年年渭水濱。 空將未歸意，說向欲行人。 雁度池塘月，山連井邑春。 臨岐惜分手，日暮一霑巾。

60	寄寧海李明府	山縣風光異，公門水石清。 一官居外府，幾載別東京。 故疾梅天發，新詩雪夜成。 家貧思減選，時靜憶歸耕。 把疏尋書義，澄心得獄情。 夢靈邀客解，劍古揀人呈。 守月通宵坐，尋花迴路行。 從來愛知道，何慮白髭生。
61	投江州張郎中	要地無閒日，仍容冒謁頻。 借山年涉閏，寢郡月逾旬。 驛徑曾衝雪，方泉省滌塵。 隨行溪路細，接話草堂新。 減藥痊餘癖，飛書苦問貧。 噪蟬離宿殼，吟客寄秋身。 鍊句貽箱篋，懸圖見蜀岷。 使君匡嶽近，終作社中人。
62	晚題江館	病寄曲江居帶城，傍門孤柳一蟬鳴。 澄波月上見魚擲，晚徑葉多聞犬行。 越島夜無侵閣色，寺鐘涼有隔原聲。 故園盡賣休官去，潮水秋來空自平。
63	秋晚歸廬山留別道友	病起陵陽思翠微，秋風動後著行衣。 月生石齒人同見，霜落木梢愁獨歸。 已許衲僧修靜社，便將樵叟對閒扉。 不嫌舊隱相隨去，廬岳臨天好息機。
64	同徐處士秋懷少室舊居	曾居少室黃河畔，秋夢長懸未得回。 扶病半年離水石，思歸一夜隔風雷。 荒齋幾遇僧眠後，晚菊頻經鹿踏來。 燈下此心誰共說，傍松幽徑已多栽。
65	贈神遘上人	草履蒲團山意存，坐看庭木長桐孫。 行齋罷講仍香氣，布褐離牀帶雨痕。 夏滿尋醫還出寺，晴來曬疏暫開門。 道情淡薄閒愁盡，霜色何因入鬢根。
66	贈道人	布褐高眠石竇春，迸泉多濺黑紗巾。 搖頭說易當朝客，落手圍棋對俗人。 自算天年窮甲子，誰同雨夜守庚申。 擬歸太華何時去，他日相尋乞藥銀。
67	贈厲玄侍御	山松徑與瀑泉通，巾舄行吟想越中。 塞雁去經華頂末，鄉僧來自海濤東。 關分河漢秋鐘絕，露滴獮猴夜嶽空。 抱疾因尋周柱史，杜陵寒葉落無窮。

68	送韓評事	門枕平湖秋景好，水煙松色遠相依。 罷官餘俸租田種，送客回舟載石歸。 離岸游魚逢浪返，望巢寒鳥逆風飛。 嵩陽舊隱多時別，閉目閒吟憶翠微。
69	宿隱靜寺上人	一宿五峰杯度寺，虛廊中夜磬聲分。 疏林未落上方月，深澗忽生平地雲。 幽鳥背泉棲靜境，遠人當燭想遺文。 暫來此地歇勞足，望斷故山滄海濆。
70	寄新頭陀	見說北京尋祖後，瓶盂自挈繞窮邊。 相逢竹塢晦暝夜，一別苕溪多少年。 遠洞省穿湖底過，斷崖曾向壁中禪。 青城不得師同住，坐想滄江憶浩然。
71	湘漢旅懷翁傑	一宿空江聽急流，仍同賈客坐歸舟。 遠書來隔巴陵雨，衰鬢去經彭蠡秋。 不擬爲身謀舊業，終期斷穀隱高丘。 吾宗尚無慄惨者，中夜閒吟生旅愁。
72	寄韓司兵	多病十年無舊識，滄州亂後只逢君。 已知罷秩辭瀧水，相勸移家近岳雲。 泗上旅帆侵疊浪，雪中歸路踏荒墳。 若爲此別終期老，書札何因寄北軍。
73	寺居寄楊侍御	雨過北林空晚涼，院閒人去掩斜陽。 十年多病度落葉，萬里亂愁生夜牀。 終欲返耕甘性拙，久慚他事與身忙。 還知謝客名先重，肯爲詩篇問楚狂。
74	上陝府姚中丞	此心長愛狎禽魚，仍候登封獨著書。 領郡只嫌生藥少，在官長恨與山疏。 成家盡是經綸後，得句應多諫諍餘。 見說養眞求退靜，溪南泉石許同居。
75	贈僧	藩府十年爲律業，南朝本寺往來新。 辭歸幾別深山客，赴請多從遠處人。 松吹入堂資講力，野蔬供飯爽禪身。 他年更息登壇計，應與雲泉作四鄰。
76	送石協律歸吳	僧窗夢後憶歸耕，水涉應多半月程。 幕府罷來無藥價，紗巾帶去有山情。 夜隨淨渚離蛩語，早過寒潮背井行。 已讓辟書稱抱疾，滄洲便許白髭生。
77	寄金陵僧	水石致身閒自得，平雲竹閣少炎蒸。 齋牀幾減供禽食，禪徑寒通照像燈。 覓句當秋山落葉，臨書近臘硯生冰。 行登總到諸山寺，坐聽蟬聲滿四稜。

78	送忍禪師歸廬嶽	浪匝湓城岳壁青，白頭僧去掃禪扃。 龕燈度雪補殘衲，山日上軒看舊經。 泉水帶冰寒溜澀，薜蘿新雨曙煙腥。 已知身事非吾道，甘臥荒齋竹滿庭。
79	贈姚合郎中	望重來爲守土臣，清高還似武功貧。 道從會解唯求靜，詩造玄微不趁新。 玉帛已知難撓思，雲泉終是得閒身。 兩衙向後長無事，門館多逢請益人。
80	宿李主簿	獨樹倚亭新月入，城牆四面鎖山多。 去年今夜還來此，坐見西風裏鵲窠。
81	寄潘緯	楊柳垂絲與地連，歸來一醉向溪邊。 相逢頭白莫惆悵，世上無人長少年。
82	潯陽與孫郎中宴迴	別酒已酣春漏前，他人扶上北歸船。 潯陽渡口月未上，漁火照江仍獨眠。
83	送宗禪師	衡陽到卻十三春，行腳同來有幾人。 老大又思歸嶽裡，當時來漆祖師身。
84	送僧	草履初登南客船，銅瓶猶貯北山泉。 衡陽舊寺秋歸去，門鎖寒潭幾樹蟬。
85	送蜀僧	萬里獨行無弟子，惟齎笻竹與檀龕。 看經更向吳中老，應是山川似劍南。
86	過僧竹院	一生愛竹自未有，每到此房歸不能。 高人留宿話禪後，寂寞雨堂空夜燈。
87	憶潯陽舊居兼感長孫郎中	潯陽卻到是何日，此地今無舊使君。 長憶窮冬宿廬嶽，瀑泉冰折共僧聞。
88	送郭秀才歸金陵	夏後客堂黃葉多，又懷家國起悲歌。 酒前欲別語難盡，雲際相思心若何。 鳥下獨山秋寺磬，人隨大舸晚江波。 南徐舊業幾時到，門掩殘陽積翠蘿。
89	宿李樞書齋	小齋經暮雨，四面絕纖埃。 眠客聞風覺，飛蟲入燭來。 夜涼書讀遍，月正戶全開。 住遠稀相見，留連宿始迴。
90	杪秋登江樓	平楚起寒色，長沙猶未還。 世情何處淡，湘水向人閒。 空翠隱高鳥，夕陽歸遠山。 孤雲萬餘里，惆悵洞庭間。
91	秋宿洞庭	洞庭初葉下，旅客不勝愁。 明月天涯夜，青山江上秋。 一官成白首，萬里寄滄洲。 只被浮名繫，寧無愧海鷗。

92	重陽	雲木疏黃秋滿川，茱萸風裡一樽前。 幾回為客逢佳節，曾見何人再少年。 霜報征衣冷針指，雁驚幽隱泣雲泉。 古來醉樂皆難得，留取窮通委上天。
93	送李億東歸	黃山遠隔秦樹，紫禁斜通渭城。 別路青青柳發，前溪漠漠花生。 和風澹蕩歸客，落日殷勤早鶯。 灞上金樽未飲，讌歌已有餘聲。
增訂全唐詩 94	贈盧長史	地深新事少，官散故鄉疏。
增訂全唐詩 95	游南唐寄王知白	楚水晚涼催客早，杜陵秋思傍蟬多。

附錄三：《周賀詩集》（宋臨安府陳宅書籍鋪刻本《周賀詩集》凡七十七首）

宋版本序號	宋版本詩題	宋 版 本 內 文
1	留辭杭州姚合郎中	波濤千里隔，抱疾亦相尋。 會宿逢高燒，辭歸值積霖。 叢桑山店逈，孤燭海船深。 尚有重來約，知無省閣心。
2	酬吳之問見贈	已當鳴鴈夜，多事不同居。 故疾離城晚，秋霖見月疏。 趁風開靜戶，帶葉卷閑書。 盪槳期南去，荒園久廢鋤。
3	寄姚合郎中	轉刺名山郡，連年別省曹。 分題得客少，著價買書高。 晚柳蟬和角，寒城燭照濤。 鄱溪臥疾者，未獲後乘騷。
4	送分定歸靈夏	南遊多夏疾，見說講經稀。 塞寺幾僧在，關城空自歸。 帶河衰草斷，映日旱沙飛。 却到禪齋後，邊軍識衲衣。
5	與崔弇話別	歸思緣平澤，幽齋夜話遲。 人尋馮翊去，草向建康衰。 雨雪生中路，干戈阻後期。 幾年方見面，應是鑷蒼髭。
6	送康紹歸建業	南朝秋色滿，君去意如何。 帝業空城在，民田壞塚多。 月圓臺獨上，栗綻寺頻過。 籬下西江水，相思見白波。
7	再過王輅原居納凉	夏天多憶此，早晚得秋分。 舊月來還見，新蟬坐忽聞。 扇風調病葉，溝水隔殘雲。 別有微凉處，從容不似君。
8	同朱慶餘宿翊西上人房	溪僧還共謁，相與坐中天。 屋雪凌高燭，山茶稱遠泉。 夜清更徹寺，空闊鴈衝天。 莫恠多時話，重來又隔年。

9	送耿山人歸湖南	南行隨越僧，別業幾池菱。 兩鬢已垂白，五湖歸挂罾。 夜濤鳴柵鏁，寒葦露船燈。 此去已無事，却來知不能。
10	送省巳上人歸太原	惜別聽邊漏，窗燈落燼重。 寒僧廻絕塞，夕雪下窮冬。 出定聞殘角，休兵見壞鋒。 何年更來此，老却倚堦松。
11	寄寧海李明府	山縣風光異，公門水石清。 一官居外府，幾載別東京。 故疾梅天發，新詩雪夜明。 家貧思減選，時靜憶歸耕。 抱跡窮書義，澄心得獄情。 夢靈邀客解，劒古揀人呈。 守月通宵坐，尋花逈路行。 從來愛知道，何慮白髭生。
12	宿招山晝公禪堂	從作兩河客，別離經半年。 却來峯頂宿，知廢井南禪。 積靄沉斜月，孤燈照落泉。 何當閑事盡，相伴老溪邊。
13	相次尋舉客寄住人	停橈因舊識，白髮向波濤。 以我往來倦，知君耕稼勞。 渚田臨舍盡，坂路出簷高。 遊者還南去，終期伴爾曹。
14	出關寄賈島	舊鄉無子孫，誰共老青門。 迢遞早秋路，別離深夜村。 伊流背遠客，岳響荅啼猿。 去後期招隱，何當復此言。
15	暮冬長安旅舍	湖外誰相識，思歸日日頻。 遍尋新住客，少見故鄉人。 失計空知命，勞生恥爲身。 惟看洞庭樹，即是舊山春。
16	贈胡僧	瘦形無血色，草履著行穿。 閑話似持呪，不眠同坐禪。 背經來漢地，袒膊過冬天。 情性人難會，遊方應信緣。
17	贈李主簿	稅時兼主印，每日得閑稀。 對酒妨科吏，爲官亦典衣。 案遲吟坐待，宅近步行歸。 見說偏論道，應愁判是非。

18	休粮僧	一齋難過日，况是更休粮。 養力時行道，聞鍾不上堂。 唯留溫藥火，未寫化金方。 舊有山厨在，從僧請作房。
19	懷西峯隱者	灌木藏岑色，天寒望即愁。 高齋何日去，遠瀑入城流。 臘近溪書絕，燈殘夜雪稠。 邇來相憶處，枕上苦吟休。
20	栢巖禪師	野寺絕依念，靈山會遍行。 老來披衲重，病後讀經生。 乞食嫌村遠，尋溪愛路平。 多年栢巖住，不記栢巖名。
21	旅懷	不覺月又盡，未歸還到春。 雪通廬岳夢，樹匝草堂身。 澤鴈和寒露，江槎帶遠薪。 何年自此去，舊國有為隣。
22	緱氏韋明府廳	貴邑秋風滿，誰同上宰心。 杉松出郭外，雨電下嵩陰。 度鴈方離壘，來僧始別岑。 西池月纔逈，會接一宵吟。
23	送朱慶餘	野客行無定，全家在浦東。 寄眠僧閣靜，贈別槖金空。 舊里千山隔，歸舟百計同。 藥資如有分，相約老吳中。
24	長安送人	上國多離別，年年渭水濵。 空將未歸意，說向欲行人。 鴈度池塘月，山連井邑春。 臨分惜携手，日暮一沾巾。
25	宿開元寺樓	西峯殘日落，誰見寥寂心。 孤枕客眠久，兩廊僧話深。 寒扉開雨氣，風葉隱鍾陰。 此愛東樓望，仍期別夜尋。
26	投江州張郎中	要地無閑日，仍容冒謁頻。 借山年涉閏，寢郡月逾旬。 驛徑曾衝雪，方泉省滌塵。 隨行溪路細，接話草堂新。 減藥痊餘癖，飛書苦問貧。 噪蟬離宿殼，吟石寄秋身。 鍊句貽箱篋，懸圖見蜀岷。 使君匡嶽近，終作社中人。

27	送僧還南岳	辭僧下水棚，因夢嶽鍾聲。 遠路獨歸寺，幾時重到城。 風高寒葉落，雨絕夜堂清。 自說溪居後，隣州亦不行。
28	秋思	楊柳已秋思，楚田仍刈禾。 歸心病起切，敗葉夜來多。 細雨城蟬噪，殘陽嶠客過。 舊山餘業在，杳隔洞庭波。
29	旅情	黃葉下堦頻，徐徐起病身。 殘秋螢出盡，獨夜鴈來新。 別業去千里，舊鄉空四隣。 孤舟尋幾度，又識岳陽人。
30	送禪僧	寒天仍遠去，離寺雪霏霏。 古跡曾重到，生涯不暫歸。 坐禪幽店暝，補衲夜燈微。 巡禮何時住，相逢的是稀。
31	送防秋人	疋馬無窮地，三年逐大軍。 筭程淮邑遠，起帳夕陽曛。 疊浪行時漱，邊笳語次聞。 要傳書札去，應到磧東雲。
32	山居秋思	一從雲水住，曾不下西岑。 落木孤猿在，秋庭積葉深。 泉流通井脉，蟲響出牆陰。 夜靜溪聲徹，寒燈尙獨吟。
33	贈然上人	竹庭瓶水新，深稱北窻人。 講罷見黃葉，詩成尋舊隣。 錫陰迷坐石，池影露齋身。 苦作南行約，勞生始問津。
34	春日重至南徐舊居	綠水陰空院，春深喜再來。 獨眠從草長，留酒看花開。 過雨遠山出，向風孤鳥迴。 忽思秋夕事，雲物却悠哉。
35	春日寄友人	春居無俗喧，時立澗前村。 路遠少來客，山深多過猿。 帶巖松色老，臨水杏花繁。 除憶文流外，何人更可言。
36	送僧歸江南	洗足北林去，遠途今已分。 麻衣行嶽色，竹杖帶湘雲。 飢鼠緣危壁，寒狸出壞墳。 前峯一聲磬，此夕不同聞。

37	早春越中留故人	此行經歲近，唯約半年迴。 野渡人初過，前山雲未開。 鴈群逢燒斷，林色映川來。 清夜蘆中客，嚴家舊釣臺。
38	送友人	彈琴多去情，浮檝背潮行。 人望豐壖宿，蟲依蠹木鳴。 檣煙離浦色，蘆雨入船聲。 如疾登雲路，憑君寄此生。
39	春日重到王依村居	野煙居舍在，曾約此重過。 久雨初招客，新田未種禾。 夜蟲鳴井浪，春鳥宿庭柯。 莫爲兒孫役，餘生能幾何。
40	入靜隱寺途中作	亂雲迷遠寺，入路認青松。 鳥道緣巢影，僧鞋印雪蹤。 草煙連野燒，溪霧隔霜鍾。 更遇樵人問，猶言過數峯。
41	送楊嶽歸巴陵	何處得鄉信，告行當雨天。 人離京口日，潮送岳陽船。 孤鳥背林色，遠帆開浦煙。 悲君惟此別，不肯話迴年。
42	贈朱慶餘校書	風泉盡結氷，寒夢徹西陵。 越信楚城得，遠懷中夜興。 樹停沙島鶴，茶會石橋僧。 寺閣連官舍，行吟過幾層。
43	逢播公	帶病希相見，西城早晚來。 衲衣風壞帛，香印雨沾灰。 坐久鍾聲盡，談餘嶽影廻。 却思同宿夜，高枕說天台。
44	尋北崗韓處士	相過值早涼，松箒掃山床。 坐石泉痕黑，登城蘚色黃。 逆風沉寺磬，初日曬鄰桑。 幾處逢僧說，期來宿北崗。
45	冬日山居思鄉	大野始嚴凝，雲天曉色澄。 樹寒稀宿鳥，山迥少來僧。 背日收窻雪，開爐釋硯氷。 忽然歸故國，孤想寓西陵。
46	如空上人移居大雲寺	竹溪人請住，何日向中峯。 瓦舍山情少，齋身疾色濃。 夏高移坐次，菊淺露行蹤。 來往湓城下，三年兩度逢。

47	送幻法師	北京一別後，吳楚幾聽砧。 住久白髮出，講長枯葉深。 香連隣舍像，磬徹遠巢禽。 寂默應關道，何人見此心。
48	春喜友人至山舍	鳥鳴春日晚，喜見竹門開。 路自高巖出，人騎大馬來。 折花林影斷，移石洞陰廻。 更欲留深語，重城暮色催。
49	留別南徐故人	三年蒙見待，此夕是前程。 未斷却來約，且伸臨去情。 潮廻灘鳥下，月上客船明。 他日南徐道，緣君又重行。
50	玉芝觀王道士	四面杉蘿合，空堂畫老仙。 蠹根停雪水，曲角積茶煙。 道至心機盡，宵晴瑟韻全。 暫來還又去，未得坐經年。
51	出關後寄賈島	故國知何處，西風已度關。 歸人值落葉，遠路入寒山。 多難喜相識，久貧寧自閑。 唯將往來信，遙慰別離顏。
52	題書公院	叢木開風徑，過從白晝寒。 舍深原草合，茶疾竹薪乾。 夕雨生眠興，禪心少話端。 頻來覺無事，盡日坐相看。
53	京口贈崔固	積雨晴時近，西風葉滿泉。 相逢嵩嶽客，共聽楚城蟬。 宿館橫秋島，歸帆遶漲田。 別多還寂寞，不似剡中年。
54	書實上人房	絕頂言無伴，長懷剃髮師。 禪中燈落燼，講次柏生枝。 沙井泉澄疾，秋鍾韻盡遲。 里閭還受請，空有向南期。
55	早秋過郭涯書堂	暑銷崗舍清，閑語有餘情。 石水生茶味，松風喊扇聲。 遠分臨海雨，靜覺揜山城。 此地秋吟苦，時來遶菊行。
56	晚題江館	病寄曲江居帶城，傍門孤柳一蟬鳴。 澄江月上見魚擲，晚徑葉多聞犬行。 越島夜無侵閣色，寺鍾涼有隔原聲。 故園盡賣休官去，潮水秋來空自平。

57	同徐處士秋懷少室舊居	曾居少室黃河畔，秋夢長懸未得回。 扶病半年離水石，思歸一夜隔風雷。 荒齋幾遇僧眠後，晚菊頻經鹿踏來。 燈下此心誰共說，傍松幽徑已多栽。
58	秋晚歸廬山留別道友	病起陵陽思翠微，秋風動後着行衣。 月生石齒人同見，霜落木梢愁獨歸。 已許衲僧修靜社，便將樵叟對閑扉。 不嫌舊隱相隨去，廬岳臨天好息機。
59	贈神邁上人	草履蒲團山意存，坐看庭木長桐孫。 行齋罷講仍香氣，布褐離床帶雨痕。 夏滿尋醫還出寺，晴來曬疏暫開門。 道情淡薄閑愁盡，霜色何因入鬢根。
60	贈道人	布褐高眠石竇春，迸泉多濺黑紗巾。 搖頭說易當朝客，落手圍碁對俗人。 自筭天年窮甲子，誰同雨夜守庚申。 擬歸太華何時去，他日相尋乞藥銀。
61	寄新頭陀	見說北京尋祖後，瓶盂自挈遶窮邊。 相逢竹塢晦暝夜，一別茗溪多少年。 遠洞省穿湖底過，斷崖曾向壁中禪。 青城不得師同往，坐想滄江意浩然。
62	湘漢旅懷翁傑	一宿空江聽急流，仍同賈客坐歸舟。 遠書來隔巴陵雨，衰鬢去經彭蠡秋。 不擬爲身謀舊業，終期斷穀隱高丘。 吾宗尙作無爲者，中夜閑吟生旅愁。
63	寄韓司兵	多病十年無舊識，滄州戰後始逢君。 已知罷秩辭瀧水，相勸移家近岳雲。 泗上旅郵侵疊浪，雪中歸路踏荒墳。 若爲此別終期老，書扎何因寄北軍。
64	寺居寄楊侍御	雨過北林空晚涼，院閑人去掩斜陽。 十年多病度落葉，萬里亂愁生夜床。 終欲返耕甘性拙，久慚他事與身忙。 還知謝客名先重，肯爲詩篇問楚狂。
65	贈僧	藩府十年爲律業，南朝本寺往來新。 辭歸幾別深山客，赴請多從遠處人。 松吹入堂資講力，野蔬供飯爽禪身。 他年更息登壇計，應與雲泉作四鄰。
66	送石協律歸吳	僧窻夢後憶歸耕，水涉應多半月程。 幕府罷來無樂價，紗巾戴去有山情。 夜隨淨渚離蛩語，早過寒潮背井行。 已讓辟書稱抱疾，滄洲便許白髭生。

67	寄金陵僧	水石致身閑自得，平雲竹閣少炎蒸。 齋床幾減供禽食，禪徑寒通照像燈。 覓句當秋山半落，臨書近臘硯生冰。 行登揔到諸山寺，坐聽蟬聲滿四稜。
68	送廬岳僧	浪匝湓城岳壁青，白頭僧去掃禪扃。 龕燈度雪補殘衲，山日上軒看舊經。 泉水帶冰寒溜澁，薜蘿新雨曙煙腥。 已知身事非吾道，甘卧荒齋竹滿庭。
69	贈姚合郎中	望重來爲守土臣，清高還似武功貧。 道從會解唯求靜，詩造玄微不趁新。 玉帛已知難撓思，雲泉終是得閑身。 兩衙向後長無事，門館多逢請益人。
70	宿李主簿林亭	獨樹倚亭新月入，城牆四面鏁山多。 去年今夜還來此，坐見西風裊鵲窠。
71	潯陽與孫郎中醮廻	別酒已酣春漏前，他人扶上北歸船。 潯陽渡口月未上，漁火照江仍獨眠。
72	送宗禪師	衡陽到却十三春，行脚同來有幾人。 老大又思歸嶽裡，當時來漆祖師身。
73	送僧	草履初登南客船，銅瓶猶貯北山泉。 衡陽舊寺秋歸去，院鏁寒潭幾樹蟬。
75	寄潘緯	楊柳垂絲與地連，歸來一醉向溪邊。 相逢頭白莫惆悵，世上無人長少年。
76	哭閑霄上人	林遠西風急，松枝講鈔餘。 凍髭亡夜剃，遺偈病時書。 地燥焚身後，堂空着影初。 弔來頻落淚，曾憶到吾廬。
77	城中秋作	已落關東葉，空懸浙右心。 寒燈隨故病，伏雨接秋霖。 客話曾誰和，蟲聲少我吟。 蒹葭半波水，夜夜宿邊禽。

附錄四：《全唐詩》周賀詩近體詩上平聲用韻一覽表

韻類＼篇數＼詩體		七言絕句	五言律詩	七言律詩	五言排律	總　計
上平聲	一　東		1	1		2
	二　冬		3			3
	三　江					0
	四　支		2			2
	五　微		3	2		5
	六　魚		2	1		3
	七　虞					0
	八　齊					0
	九　佳					0
	十　灰		6	1		7
	十一眞	1	6	3	1	11
	十二文	1	3	2		6
	十三元		2	1		3
	十四寒		1			1
	十五刪		3			3

近體詩上平聲用韻次數由多而寡依次爲：

眞灰文微（冬魚元刪）（東支）寒（江虞齊佳）

附錄五：《全唐詩》周賀詩近體詩下平聲用韻一覽表

韻類＼篇數＼詩體		七言絕句	五言律詩	七言律詩	五言排律	總 計
下平聲	一　先	3	6	2		11
	二　蕭					0
	三　肴					0
	四　豪		2			2
	五　歌	1	3	1		5
	六　麻					0
	七　陽		2	1		3
	八　庚		5	2	1	8
	九　青			1		1
	十　蒸	1	4	1		6
	十一尤		2	1		3
	十二侵		6			6
	十三覃	1				1
	十四鹽					0
	十五咸					0

近體詩下平聲用韻次數由多而寡依次爲：

先庚（蒸侵）歌尤豪（青覃）（蕭肴麻鹽咸）

附錄六：《全唐詩》周賀詩意象詞分析

意象詞	出現次數	意象詞	出現次數	意象詞	出現次數	意象詞	出現次數	意象詞	出現次數	意象詞	出現次數	意象詞	出現次數
山	39	鳥	11	磬	6	霜	4	杉	2	弟	1	漁	1
夜	34	禪	11	井	5	瀑	4	足	2	杏	1	蒲	1
人	32	齋	11	冰	5	廬	4	帛	2	杖	1	蒹葭	1
客	28	地	10	池	5	鬢	4	故國	2	岸	1	樓	1
水	23	門	10	舟	5	川	3	扇	2	斧	1	潭	1
秋	23	雁	10	峰	5	冬	3	桑	2	屋	1	蔬	1
風	22	嶽	10	庭	5	印	3	紗巾	2	栗	1	鋤	1
日	21	江	9	浪	5	村	3	院	2	桐	1	鞋	1
雨	21	君	9	海	5	柏	3	馬	2	狸	1	齒	1
雲	21	眠	9	茶	5	島	3	廊	2	砧	1	壇	1
僧	20	堂	9	陰	5	郡	3	硯	2	軒	1	橋	1
城	19	居	8	鄉	5	瓶	3	階	2	帳	1	螢	1
月	18	煙	8	詩	5	魚	3	園	2	梅	1	龜	1
空	18	蟬	8	閣	5	朝	3	臺	2	鹿	1	檀	1
泉	18	鐘	8	潮	5	菊	3	劍	2	棋	1	壘	1
葉	17	夕	7	濤	5	猿	3	樵	2	猴	1	禮	1
寺	16	木	7	燭	5	履	3	牆	2	琴	1	簷	1
高	15	岳	7	蟲	5	暮	3	薜蘿	2	萍	1	鵲	1
路	15	林	7	露	5	澗	3	蘆	2	飯	1	爐	1
石	14	波	7	帆	4	髮	3	蘿	2	蛩	1	蘚	1
雪	14	舍	7	沙	4	壁	3	土	1	塘	1	鶯	1
天	13	船	7	枕	4	曉	3	戈	1	楫	1	鷗	1
書	13	樹	7	河	4	薪	3	犬	1	瑟	1		
溪	13	藥	7	洞庭	4	霧	3	仙	1	葦	1		
心	12	柳	7	面	4	口	2	兄	1	雷	1		
燈	12	田	6	夏	4	戶	2	玉	1	電	1		
竹	11	衣	6	酒	4	手	2	目	1	鼠	1		
松	11	花	6	湖	4	火	2	吏	1	塵	1		
春	11	家	6	窗	4	布褐	2	宅	1	峯	1		
草	11	徑	6	禽	4	禾	2	兵	1	驛	1		

後 記

時光荏苒，轉眼已從研究所畢業半年多了，憶起讀研究所時，再三思量論文題目、大綱之擬訂，著實繞了好大一圈，最後還是回到了原點。

本文得以完成，承蒙恩師何廣棪教授悉心指導、諄諄教誨。教授在學術上的執著及遠見，讓學生受益匪淺，且對拙文逐字斧正，使文章流暢完備。感謝教授對學生的提攜及推薦，讓論文可以獲得花木蘭出版社採用。更由於教授對學生的愛護，注意到有宋版《周賀詩集》影印出版，讓學生在出書之前，可以進一步比對宋版和《全唐詩》周賀詩篇數、文字間的差異。

在華梵東研所求學的二年生涯中，感謝教授們的教導，感謝同窗、好友、同事和家人在學業上互相勉勵，在生活上加油打氣，有你們在背後支持使我更能專心的投入研究。

這篇論文初以《全唐詩》所錄之周賀詩 93 首爲研究基礎，在蒐集、分析至整理資料的階段時，曾經一度想打退堂鼓，因周賀之生平未見於正史，無從考核，僅有《唐詩紀事》、《郡齋讀書志》和《唐才子傳》有較多著墨，故下筆誠惶誠恐，深怕有所差池。在時空背景方面，參酌各家史籍，因史學非我所深研，彙整書寫費時費力，只能求其梗概，恐亦難以周全；在生平方面，以徐文明先生所考證之皎然上人生卒年代來推敲周賀應生於貞元初，但其卒年則無從考得，遊蹤以其詩中所提及之地點配合書上記載之生平互爲印證，交遊則考其寄贈、送別詩之對象，可知其交遊廣泛，但遲至今日能考得者寥寥無幾，文中以可考證者優先，絕大多數僅能以詩爲憑；在題材類型方面，將其詩淺略區分，但未盡周延，因同一首詩可能同時符合不同題材類型，但透過分類可對其詩有較完整之認識；在寫作風格方面，分析、歸納聲律用韻是較省力的，因其用韻中規中矩、合乎標準；但統計、舉例說明意象塑造和藝術風格則用心費力的，因不同之意象塑造連帶影響藝術風格，故大致可歸納出其閒靜平淡、清奇雅正、寒狹僻苦三種風格，但亦未能詳盡畫分。

前些日子拜訪恩師何廣棪教授，得知另有一冊由北京圖書館出版之宋臨安府陳宅書籍鋪刻本《周賀詩集》，因此特電至北京攻讀博士之同窗劉楚妍購得乙冊。經比對《全唐詩》後，發現二者在詩題及少數詩句上有所出入；惟《周賀詩集》之詩僅有 77 首，即據此於各章之註解中加以補說，並增訂論文不足之處，另立附錄三以詳其書全貌。

「文章千古事，得失寸心知。」，才疏學淺之我，竭盡所能完成這篇論文，深有疏漏仍多，敬請讀者諸君不吝指正。

2008 年 11 月 楊婷鈞撰於桃園龍潭